郭兴成故事传说选

GUOXINGCHENG GUSHI CHUANSHUOXUAN

郭兴成 著

北京理工大学出版社
BEIJING INSTITUTE OF TECHNOLOGY PRESS

版权专有　侵权必究

图书在版编目(CIP)数据

郭兴成故事传说选／郭兴成著. —北京：北京理工大学出版社，2018.5
ISBN 978-7-5682-5651-3

Ⅰ.①郭…　Ⅱ.①郭…　Ⅲ.①故事-作品集-中国-当代　Ⅳ.①I247.81

中国版本图书馆 CIP 数据核字(2018)第 104284 号

出版发行／北京理工大学出版社有限责任公司
社　　址／北京市海淀区中关村南大街 5 号
邮　　编／100081
电　　话／(010)68914775(总编室)
　　　　　(010)82562903(教材售后服务热线)
　　　　　(010)68948351(其他图书服务热线)
网　　址／http://www.bitpress.com.cn
经　　销／全国各地新华书店
印　　刷／保定市中画美凯印刷有限公司
开　　本／710 毫米×1000 毫米　1/16
印　　张／9.25　　　　　　　　　　　　　责任编辑／李慧智
字　　数／89 千字　　　　　　　　　　　　文案编辑／李慧智
版　　次／2018 年 5 月第 1 版　2018 年 5 月第 1 次印刷　责任校对／周瑞红
定　　价／46.00 元　　　　　　　　　　　　责任印制／李志强

图书出现印装质量问题，请拨打售后服务热线，本社负责调换

静在品味中（代序）

郭 兴 成 故 事 传 说 选

一提起物华天宝、钟灵毓秀的长白山，许多人都能如数家珍地念叨出诸如天池瀑布等名胜景观。有的人或许还能讲述有关的美丽故事和传说。而这些故事或传说的作者之中就有郭兴成先生。

郭家是安图老户，郭先生则是安图老人。除在延边三高中、东北师大中文系学习外，一直生活在安图。

几十年来，不管什么年代，不论从事什么工作，郭先生都像一头不知疲倦的牛，从未放下手中耕耘的笔，歌颂长白山，赞美家乡。

自1958年上高一时发表作品以来，他就在文学创作的道路上拓荒开路，笔耕不辍。其中《瓮声砬子》《抗联歌谣17首》，分获1962年和1981年吉林省民间文学优秀作品奖；《天池怪兽》《娘娘库》《宝马城》《万宝的传说》《天宝山》《福满》《刘建封逸事》等广为流传；一些作品被译为朝鲜文等。为了更好地发掘长白山悠久的历史文化和民间传说，郭先生几乎跑遍了安图县的山山水水，每处名胜景点、历史遗迹都留下了他的足迹。只要听说哪里有奇闻异事，哪里有民间传说，哪里有知道掌故趣闻的老翁老妪，他都去实地采访，搜集整理。

郭先生的作品见于报刊处，有些被收入《长白山风物传说》《长白山故事集》《吉林省民间文学作品集》《金达莱》《延边五十年文学作品选》等文集中，为研究、弘扬长白山文化提供了丰富的资料。

因为他深厚的文学功底，因为他撰写并发表了大量的文章，因为他对待每一件事情都是认认真真踏踏实实，1985年安图县政府在安排编纂《安图县志》时把最艰巨的任务交给了郭先生。在方方面面的支持下，他和编纂委员会的人员历时8年圆满完成任务。《安图县志》出版后被评为国家志书类二等奖。同时郭先生搜集到安图县第一任县知事刘建封的相关资料，撰写了《刘建封与大同共和国》并在《方志研究》上发表，产生了一定的影响。接着郭先生又任副主编先后参加了编写《安图县地名志》《安图县旅游大观》《安图县服务指南》和第二轮《安图县志》以及有关文史资料等，为研究、繁荣长白山文化提供了大量的佐证。

郭先生乐观热情，对生活充满信心；为人谦逊，对工作充满激情。在一首自勉诗《灌木吟》中他写道："丛丛蔓延散幽香，平淡无奇少忧伤。渐知黄道雨与雪，略懂红尘风和霜。人间冷暖同地老，世态炎凉共天荒。弱势不误生长志，青山何处不风光。"

郭先生退休后被聘为安图县电视台的编辑，工作近10年。凭借一股不服输的精神和钻研的韧劲，很快掌握了电视节目的采编制作流程。在把握好政治关、导向关、文字关的同时，他毫无保留地把自己的学识和经验传授给年轻的记者，每当有重要题材的采访，他也和年轻人一样深入一线，不辞辛苦。他参与的作品多次获得国家、省、市奖励。

如今，古稀之年的郭先生，把一些作品集结成册，可喜可贺。这些作品一有地域性，散发着长白山文化的泥土清香；二有时代性，反映人们开发建设、保卫家乡的生活、劳动和斗争；三有和谐性，寄托人们朴素的梦想与希望。郭先生在一首诗中写道："人生几时空，往事何匆匆。万象文化美，静在品味中。"

在忙碌之余，在休闲中，挤点时间，看看好书也是一种快乐和幸福。

唐晓伟

（原载《延边日报》略有删改）

目 录

郭兴成故事传说选

- 001　开篇
- 002　天池怪兽
- 006　长白瀑布与温泉群
- 008　二道神泉
- 011　宝马城
- 014　娘娘库
- 018　花砬子的传说
- 028　万宝
- 032　福满
- 035　瓮声砬子
- 040　二龙山
- 042　亮兵台
- 043　十八拐
- 045　二青河
- 049　松枝松叶
- 059　天宝山
- 063　老把头神屋
- 067　恨狐
- 073　老虎送参

- 075　救虎得福
- 078　二龙湾
- 088　抗联崖
- 090　红军操场
- 092　"火烧明月沟行动"破产记
- 095　火烧两江口三省办事处
- 097　刘建封逸事
- 108　王德林逸事
- 118　后记
- 120　附录

开篇

　　神奇的长白山景色绚丽，资源丰富。长白山文化更是博大精深源远流长。人们说，长白山区的故事传说比树木还多、比百花还美。

　　这本书汇集的作品，有令人神往的天池怪兽，有扑朔迷离的恨狐鸟；有突兀而立的瓮声砬子，有大雁起落的娘娘库；有日月争辉的抗联崖，也有出神入化的红军操场；有诗情画意的福满、天宝山，也有淹没在历史洪流中的宝马城、十八拐……

　　故事事古今，传说说天下，百态融社会，万象归文化。

　　生命繁衍，故事连绵，在传承发展中会越来越美好、精彩。

天池怪兽

很早以前,长白山雄伟壮丽的风光已闻名天下。鸟兽、凡人、神仙都被那十六峰和天池的奇观异景所吸引。玉皇大帝也亲临观赏,并兴致勃勃地在龙门峰一石上挥毫题字:"山媲五岳,池美九州"。这便是著名的神碣。

一年刚开春,天池窜来一条黑蛇精,它身子长三丈三,芯子长三尺三,尖牙长三寸三,浑身剧毒。它经过的地方,草枯花谢,鸟飞兽遁;它栖身天池,搅起的水波黢黑,腥气扑鼻。它渴了,一气喝干一条小溪;饿了,吞人噬畜。不多日子,长白山一片乌烟瘴气,疫病蔓延;百里不见流水,旱得土干地裂。

玉皇大帝得知情况后,立即派天兵天将捉拿黑蛇精,结果都败下阵来。玉皇大帝只得张榜求贤:"有能捕杀黑蛇精者,招为驸马,镇守长白山,居于天池宫,与龙王等同;败者,乃色财熏心之徒,重刑。"九仙女知道后喜出望外,盼有个如意郎君揭榜杀妖,在梦寐以求的长白山天池生活多好啊!她找出祛毒珠——一颗能祛除百毒的宝珠,准备助意中人一臂之力。可多少天过去了,竟无揭榜者。九仙女便偷偷来到长白山。

再说,长白山下有个小伙子,长得魁梧英俊,人们都叫他好运。好运人好名也好,他能逢凶化吉。天池出了黑蛇精,好运要为民除害,他挎上弓箭直奔长白山。

天池怪兽

好运走了三天三夜,翻过七座峰,穿过七条沟,爬过七道岭,终于登上长白山。他拉开弓箭,冲着天池喝道:"黑长虫,滚出来!"喊声落地,天池掀起水柱,黑蛇精伴着风浪扑来。好运放了一箭便失去了知觉。待他醒来时,发现一个美貌的姑娘正喂他桃子呢。

姑娘正是九仙女。她知道好运要除掉黑蛇精,便悄悄跟着,渐渐被好运的品貌打动,深深爱上了他。谁知,好运那一箭只在蛇头上扎了一个坑,自己却中了蛇毒,黑蛇精吐着芯子得意地怪叫起来。九仙女大吃一惊,飞身救出好运;黑蛇精一愣,急忙钻进天池。原来,它怕九仙女怀里的祛毒珠。

好运和九仙女一见钟情。九仙女把祛毒珠放到好运手中,幽幽地说:"我得回去了,父王知道可不得了。望你保重,得胜……"好运豪爽地说:"放心,我杀了黑蛇精,怎么去找你呀?"九仙女笑道:"黑蛇精一死,长白山似白玉,天池如明镜,在天上看得可清楚啦。一见到山光池色,我就马上来找你。"

第二天,黑蛇精一溜黑风下了山,回来时肚子鼓鼓的,"嘎嘎"狞笑着。好运连叫:"不好,它不和我斗,祸害人去了。"黑蛇精知道好运有祛毒珠。好运决定下天池直捣黑蛇精的老巢。

常言道:"人多出圣人。"好运向躲在山林古洞的乡亲求教,制成一件奇特的装饰,套自己身上,顿时好运变了模样。看吧,鹿脑袋,长长的,鹿角是刀做的,尖利无比;鸭子嘴,扁扁的,里面并排放三支利箭,一按机关即射出,再一按,又是三支箭，总共三七二十一支；牛身子，圆圆的，毛全是铁丝的，能立起来；鱼尾巴，宽宽的，牛筋编制，摇摆自如。好运迈着方步，晃晃悠悠地来到天池边，"嗷嗷"咆哮起来。

黑蛇精赶忙浮出池面，一看愣在那里不知来者何物。好运见黑蛇精不动，便大吼一声跳进天池。黑蛇精大怒，心想：只要不是带祛毒珠的好运，我怕什么！它张开血盆大口，狠狠咬住那脑袋。它哪里会想到，"鹿角"穿透了嘴巴，利箭扎住了喉咙。它疼得用力一吸，不但没吞下牛身子，牙还全被"牛毛"刮掉了。黑蛇精急了，左翻右滚，前弯后卷，好歹逃脱沉入水中。

好运一看黑蛇精跑了，心急手慌，不慎将祛毒珠掉了。谁知，天池立刻黑气蒸腾，池水一层一层见清。好运大喜，知道是祛毒珠起作用了。他找遍七七四十九个洞穴，终于将气息奄奄的黑蛇精杀死了。长白山又恢复了往日的风情……

九仙女跑过来了，好运蹦着跳着迎上去，兴冲冲地说："九妹，胜啦，我们可以成亲啦。"九仙女看着好运，拍着手笑着："牛身鱼尾，鹿头鸭嘴，追杀蛇精，可敬可佩。我看郎君，又威又美！"好运忙道："别夸了，快帮我脱下来。"两人忙活半天，却怎么也脱不掉，原来装饰已和好运的皮肉长在一起了。好运叹了口气说："这咋办哪？"九仙女说："愁什么？好运哥有好运。走，上天一趟。"好运忙说："对了，那祛毒珠……"九仙女说："放到天池里最好了，池水永远无毒，多好。"说着，扶住好运腾云驾雾直上灵霄宝殿。好运按九仙女所讲，揭下招贤榜，拜见了玉皇大帝。

玉皇大帝得知黑蛇精已灭,便对好运说:"看你容貌奇异,朕就赐你为天池怪兽,镇守长白山,居所天池宫,去吧!"好运朗声道:"谢玉皇,榜上还有一事,望玉皇恩准。"玉皇大帝支支吾吾地说:"这,这驸马之事,待征得小女意思再说吧!"九仙女立即拜道:"父王,女儿愿往天池。"玉皇大帝无奈,只得点头答应道:"天池怪兽,你有功于世,又成乘龙快婿,好自为之吧。"两人忙磕头谢恩,九仙女说:"父王,女儿还有一事相求。"玉皇大帝笑道:"知道了,朕授一套法术,随心所欲,怪兽可以变为怪叟,哈哈,怪兽,怪叟,妙哉!妙哉!"

从此,长白山天池便有了怪兽,它牛身鱼尾,鹿头鸭嘴。人们知道,那就是好运。为了不忘好运的功德,人们纷纷到天池朝拜,高喊"天池怪兽——好运""好运——天池怪兽",这时好运便浮出池面,摇头摆尾致意。人们还在天池边、二道白河旁、大碇子脚下等地,建起了寺庙,祭祀神灵。有时,天池怪兽——好运也会变成大嘴宽扁、慈眉善目的老人,到寺庙、山谷、村落看看呢。据说,见到天池怪兽的人,准走好运。

天池怪兽好运和九仙女相亲相爱,认真守护着长白山和天池。有时,九仙女弹琴,好运击鼓,人们说那是"龙宫鼓乐";有时两人嬉戏呐喊,人们说那是"龙宫演操";有时龙来天池游玩,数朵彩云上下起舞,人们说那是"龙王朝拜"。嗬,说法可多了!

长白瀑布与温泉群

有一年，长白山北坡大旱，河干井枯，苗焦地裂。咋办呢？人们纷纷拥进寺庙，烧香磕头，祈望天老爷、龙王爷降雨，可天上连丝云彩也没有。人们想到了天池怪兽，便选派代表到长白山天池，拜求天池怪兽帮忙，带来好运。

天池怪兽全知道了，想到乡亲的困苦忧愁，不禁动起情来，忙开出条河。这河水白浪滚滚，人们叫它头道白河。这条河太小了，解决不了多少问题。天池怪兽又从天池边往北拱，唉，全是坚硬的岩石，磨得头上的角直冒火星。天池怪兽拱了两天，才开出条一千二百五十米长的河，因出自天池，就叫天河。也有人叫它乘槎河，意思是乘木排能上天去。这河水流不下去，被北边的大岩石挡住了。天池怪兽和妻子九仙女并肩用力往前撞，撞了八八六十四下，只听轰轰两声巨响，岩石被撞开两个豁口，河水向下直泻六十八米，翻滚咆哮，白练飞舞，两条水柱如双龙戏珠，竟日不倦，这便是壮丽神奇的长白瀑布。

瀑布下边的水顺山势流淌，泛起白浪，人们叫它二道白河。再往下就是松花江了。天池怪兽一高兴，又开出三道白河、四道白河、五道白河……这一下子河流纵横，人们欢天喜地忙着活计，日子渐渐富起来了。谁都知道，这多亏了天池怪兽啊！

天池怪兽乐滋滋的，在乘槎河、二道白河里摆上大板石，经常和九仙女坐在上边下棋。两人卿卿我我，谈笑风生，好不惬意。

一天，天池怪兽同九仙女从天池宫出来，想到乘槎河坐坐，却见一只大黑熊躺在板石上，睡得正香。他俩又从瀑布滑下来，看见二道白河的板石上卧着一只大老虎，正打盹呢。他俩转向不老峰，在风口逛了一会儿。突然，虎啸熊吼，噼啪山响。他俩循声赶去，原来是虎熊为争占板石打斗起来了，谁知道该怨哪个家伙？虎熊从二道白河打到乘槎河，又打下来，把大板石全弄坏了。所以至今，乘槎河、二道白河里还有破碎的板石呢。细瞅瞅，板石上一道一道的，那原是棋盘呀。

虎熊斗红了眼，便在二道白河边的空地上支起"黄瓜架"，撕咬摔打得头破血流，九仙女急了，忙让天池怪兽给拉开。按天池怪兽的功力，一撞即开，可万一用劲过猛就不得了。天池怪兽想了想，同九仙女跑回天池宫取来两盆热水，悄悄靠近虎熊，猛地把热水泼过去，虎熊被烫得"嗷嗷"直叫，松开对手，撒腿跑了。

热水汇到坑坑洼洼里，又汩汩流淌起来，形成数不清的温泉，这便是长白山温泉群。温泉群热气蒸腾，云蒸霞蔚，似群龙聚会，所以又叫聚龙泉。温泉长年不冻，还能热饭煮鸡蛋。有人看见天池怪兽用温泉洗澡，也跟着学，嘿，可舒服了！消息传开，洗澡的人越来越多，无不拍手叫好称奇，有民谣为证："温泉水温，洗澡健身，治病消炎，永葆青春。"

二道神泉

二道神泉，在长白山下二道白河镇内，名扬四方。

很久以前的一年，二道白河一带疫病蔓延，鸡打蔫，猪喘息，牛马发抖淌鼻涕，瘫巴半天咽了气。谁舍得扔掉啊，没死的宰了，死的拾掇拾掇，煮煮炖炖吃了。这下子可邪了，男女老少全病了，头晕目眩，上吐下泻。有的捂着肚子直打滚，不一会儿就不动了。唉！总不能等死啊，人们祈求天池怪兽保佑，消除瘟灾，走上好运。大伙托付山石头上天池求拜天池怪兽。

山石头刚从关里回来，是唯一没病的小伙子。他带上干粮挎起长刀，肩挑两只木桶直奔长白山天池。

山石头翻过一座大山，眼前出现三条羊肠小道，走哪条好呢？他正琢磨着，来了一位慈眉善目的老人，他往左一指说："莫怕艰险要记真，虎骨熊胆老山参，泡在岗下泉子里，乡亲喝了除病根。"说罢，轻轻推了山石头一把。山石头顿觉气力大增，他回头睁大眼睛再想看看老人，哪还有影？只见远处有个怪物一闪即逝。山石头明白了，准是天池怪兽显灵啊！他磕了三个头，大步登上前边的山岗。

山岗古木参天，阴森可怖，进去非麻达山（迷路）不可，还弄什么虎骨、熊胆、山参啊！山石头东张西望，迟疑不前，耳边又响起老人的话："莫怕艰险要记真……"举目环视，哪

有老人。他鼓足勇气,疾步钻进密林。走啊走啊,林中越来越暗。山石头脚下一滑摔倒了,木桶、扁担甩了出去。他爬起来赶紧去捡,看见一副虎骨架子就趴在木桶旁。他高兴地上前拿,手一碰只听"哗"一声虎骨架子散了。他捡了两桶虎骨,挑起赶路。突然,前边窜出一只大母熊,站立着向山石头连拍熊掌。山里人都懂,遇到山牲口截道,只有扔东西再见机行事了。山石头把帽子扔过去,母熊捡起摇晃着转身便走,走几步一回头。山石头跟着来到一棵枯树下,树旁躺着一只死了的大公熊,还有一只小熊喘着粗气,脖子开了个口子直淌血。不远处趴着一头死野猪,獠牙已折断。不用说,这是熊猪大战的场面。母熊把帽子还给山石头,抱起小熊放到他面前,直往小熊脖子那比画,疼得小熊直叫。山石头怯意全消,拿出针线,仔细给小熊缝脖子上的伤口,母熊坐在旁边一个劲儿拍掌。缝完后,山石头拿出一块干粮,小熊捧着啃起来。山石头说:"好啦,没事啦!"母熊抱起小熊,向山石头鞠躬,之后便隐入林中。山石头拔刀取出公熊的胆,放到桶里,又择径前行。

　　走了一段路,他觉得口干舌燥,想找点水喝。说也怪,出树林下了山岗就碰上一眼清澈的泉水。他连喝几口,甜爽清凉,突然见泉水中闪动着一朵红艳艳的棒槌花。抬头看,左前方大石砬子上正立着那朵棒槌花。山石头飞快地爬上石砬子,刀掘手抠,挖出一棵千年老山参。

　　山石头回到泉边,把老山参放到桶里。谁知,一阵旋风刮来,掀翻木桶,虎骨、熊胆、老山参全被卷进泉水里,顿时溶化。他明白了,忙磕头道:"谢谢天池怪兽!"挑起两桶泉水,直奔村子。

　　山石头回来后，急着挨家挨户送水。嘿，乡亲们喝了，立时好啦。剩点泉水分给畜禽，也都精神了。山石头把经过一说，大伙齐声颂扬天池怪兽。因为泉水在第二道山岗下，就叫"二道神泉"。从此，二道神泉热闹起来，喝水的、挑水的络绎不绝。民谣道："二道神泉，凉爽甘甜，祛除百病，名不虚传。"从此，这一带再无疫病，家家人丁兴旺，户户生活富裕。

　　乡亲为感谢天池怪兽的恩德，在二道神泉边盖了座寺庙，叫"好运寺"，可口头都称"怪兽寺"，里面供着慈眉善目、大嘴宽扁的老人。据说，寺门上有副对联，左边是"长白山莽莽宝地生万物"，右边是"天池水悠悠福源长千年"，横批是"好运常在"。不知啥时候寺庙坍了，只留下遗址，令人遐想。不过，二道神泉却依然叮咚作响，长流不息。

宝马城

宝马城，在安国县二道镇西北四公里的丘陵南坡上，是唐朝渤海中京显德府兴州的驻地，原来叫兴吉，兴旺吉祥的意思。兴吉城方圆两公顷多，建在渤海国与唐朝往来的交通要道——朝贡道上，唐式建筑，城墙、门楼、州府、驿站、寺庙等应有尽有，挺繁荣的。

那为啥兴吉城改名宝马城呢？这里有一段传说。

有一年秋天，唐朝将军刘仁轨带领一队人马风尘仆仆地走访渤海国后，来到兴吉城。刘将军决定要登上长白山看看，便命令部下按计划先沿朝贡道回长安，他随后赶上。

这天，他同两名护卫骑马直奔长白山。林海莽莽，荒草密布。山路崎岖蜿蜒，时隐时现。走不多远，三匹战马因长途跋涉，又不服水土，早已大汗淋漓，跑不动了。三个人只好下马牵缰，慢慢行走。

突然，从树林子里跳出个老人，慈眉善目，大嘴宽扁，一躬身说："呼呼喘气忙，咕咕饿得慌，大人行行好，给块大干粮。"刘将军忙叫护卫拿块干粮给老人，关切地说："这位放山（采挖人参）的老人，快吃吧。"眼见老人大嘴一吧嗒，那块干粮没了。刘将军忙叫护卫再拿一块，护卫却迟迟不肯动手，因为布袋里没几块干粮了。刘将军说："救人要紧，上山事小啊。"老人点头说："饱了，饱了。"从怀中掏出棵千年老山参说:"感谢大人恩,请收老山参,吃了祛百病,延寿壮骨筋。"刘将军连连摆手:"不可,不可。"老人见状,收起老山参,大嘴一咧说:"那好吧,后会有期。"刘将军忙问:"老人住在何方?"老人笑道:"深居少人知,偶有出水时,若问住何方,群峰绕天池。"一鞠躬,一走一跳,没影了。

刘将军挺纳闷,老人好奇怪呀。这时,狂风大起,林海呼啸,雪花飞舞。刘将军说:"天变了,马累了,吃的也不多了,回城里准备准备再上长白山吧。"

三个人天黑回到城里,谁知,战马不吃草料,不一会儿都死了。咋办?州府、驿站都没有闲置的坐骑,不登长白山可以,但怎么能赶上先行的人马呢?刘将军犯愁了。

吃罢晚饭,刘将军在城里闲走,思索着如何离开这里,猛地看到前面有座小庙,进去一看,不由大吃一惊。庙里端坐着个鹿头鸭嘴、牛身鱼尾的怪物,看那慈眉善目、大嘴宽扁的模样,不正是那挖参老人吗?刘将军何等聪明,想到老人说的话,知道这是天池怪兽庙,便躬身参拜,心想:"天池怪兽啊,给人参用不上,给宝马才有用场啊!"

第二天一大早,刘将军睡得正香,忽见那老人一走一跳地说:"登山路难攀,回家多苦艰,骑上大宝马,快捷又平安啊。"刘将军立时醒了,出去一看,三匹枣红宝马,浑身油亮,正昂首站在院子里呢。

刘将军大喜,同两名护卫牵着马,又来到天池怪兽庙参拜一番。城里人听说了,纷纷前来观看宝马,都赞不绝口,连连称奇。

刘将军三人骑着宝马,游览了长白山的群峰、瀑布、温泉等名胜,又在天池边高声感谢天池怪兽。

这一天,刘将军三人起程回走,刚出了城,一阵风刮来,刘将军看见宝马的马鬃上竟放着一卷桦树皮。打开一看,里边是一棵老山参。

长话短说。刘将军赶上了先行的人马,回到唐都长安,拜见圣上唐玄宗,献上宝马和老山参。唐玄宗龙颜大悦,挥笔书写"宝马城""天池怪兽庙"八个大字。刘将军奉旨又来到兴吉城,令工匠在城门处镌刻上"宝马城",在小庙悬挂起"天池怪兽庙"牌匾。

因为兴吉出了宝马,又有唐玄宗御赐金字,所以兴吉就改名宝马城了,从此名扬塞北中原;天池怪兽庙也香火日盛;长白山名胜美景也就名传四海。

正是:漫漫朝贡道,高高宝马城。悠悠多奇闻,赫赫扬声名。

娘娘库

松江过去叫"娘娘库"。

相传，很久以前，在二道江（今五道白河）边住着个小伙子叫富成，靠种田、渔猎供养体衰多病的额娘①。这天下晌，额娘突然觉得手脚发胀，疼得不敢动。她流着泪吃力地说："额娘真死了倒不打紧，若是瘫巴就拖累了你，要能找来个媳妇就好了。"富成憨厚地说："孝顺额娘是应该的，儿去请察玛②。""唉，"额娘叹口气道："这长白山下一个噶珊③望不到头，东家西家有十里八里远，上哪请？算了吧。"富成找出渔网，说："儿打点鱼来，额娘喝点鱼汤发发汗，兴许能强点。"

富成说完话走出家门。这时，一位公差骑马奔来，高声喊道："朝廷有令，男丁从军出征，明天中午在穆昆达④处集合！"说罢扬鞭而去。

富成心情沉重，沿江边撒起网来，左一网，右一网，连一条尼什哈⑤也没打上来。他瞅准一个水窝子，又撒下网，觉得沉甸甸的，忙收网拽到岸上。富成一看愣住了，网里是一只灰褐色的大雁，水汪汪的眼睛正望着他呢。他心想："给额娘做雁肉汤，一定很不错。"

富成刚到家，就听额娘在里屋喊他："富成，刚才额娘听着了，又到抽丁的时候了……"富成说："额娘别发愁，明早

我背您躲进窝集⑥里。""傻孩子,"额娘摇摇头说:"能躲过么?咱满人的规矩,男儿总要当兵的,莫要人家笑话,你去吧。额娘挺着能过,别挂念!"

富成点点头,来到外屋,操起尖刀要宰大雁。不知咋的,脑袋一忽悠,只见一位美丽苗条的姑娘向他施礼,幽婉地说:"别杀我,我会跟哥哥服侍好额娘……"富成耳听雁叫,定睛一瞧,大雁正向他点头呢。这时,额娘扶墙走出来说:"这大雁挺懂人味,放了吧。"富成挺纳闷,试探说:"大雁,你要走就快飞吧;不走,就到额娘跟前吧。"大雁果然来到额娘身旁。额娘高兴地说:"雁啊,我儿明天从军走,你就陪我吧。"大雁点点头。

富成说:"额娘,我再去撒几网,给雁采些草籽,回来就架火。"富成割了一大捆青嫩的水草,打了十几条镰刀长的鱼,赶紧往家走。远远的,只见房前烟囱冒出缕缕青烟。他心想,准是额娘病见强了,下地做饭了。可推门一看,一位姑娘正在那儿淘米呢,见富成进来,姑娘脸羞得绯红。聪明的富成啥都明白了,又见额娘没了病容,真是又惊又喜。可是一想起明天自己就要走,禁不住又悲伤难过起来。额娘说:"这是天意,明早请来穆昆达作证订婚,待儿回来再完婚。"

无巧不成书。第二天一早,德高望重的穆昆达带着一群骏马赶来,他说:"祝贺富成从军,族里给每位壮士好马一匹,中午集合出发。"额娘一边感激,一边讲了昨天的事。穆昆达一听大喜,笑道:"好哇,雁姑娘进了咱满人家,我来主持定亲!"接着,举行了简朴的仪式,富成和雁姑娘向果勒敏珊延阿林厄真⑦跪拜磕头。穆昆达说:"富成走了,你们娘俩就搬到我那边,族人会帮助你们的。"雁姑娘彬彬有礼地说:"老人家,小女想同额娘搬到那里。"说着用手一指。众人一看,只见前边地方坦荡,野草莽莽,灌木丛丛,积水片片。"这……"穆昆达嘀咕道:"这……能生活?秋冬又如何度日?"额娘笑道:"别忘了,我儿媳是雁仙女呀!"富成问道:"这地方叫啥名啊?"正说着,一群大雁盘旋起落,互相嬉戏,好不快活。穆昆达端详半晌,认真地说:"娘娘库意为大雁栖息之地,就叫'娘娘库'吧。"众人拍手叫好。

穆昆达让富成挑一匹马,并说:"记住,三年后定在娘娘库为你完婚。"说罢,便给其他兵丁送马去了。中午,富成策马扬鞭走了。雁姑娘挽着额娘走进娘娘库。

时间一晃便是三年。富成机智勇猛,屡立战功,被宁古塔将军提升为佐领。他获准回乡成亲,然后携家眷到珲春赴任。富成来到娘娘库,看见江上有了木桥,一条平整的土路伸向草甸深处,便催马上路,高喊:"富成拜见额娘、相见雁姑娘来了。"第三声刚落,一群群大雁飞舞鸣叫,似欢迎他。额娘和雁姑娘在一座桦木房前向他招手,向他奔来。仨人见面,别提多高兴了……

话是无腿的风。穆昆达主持富成和雁姑娘婚礼这天,远近噶珊的族人都来了,热闹非常。人们看着新郎新娘,心想真是英雄美女!大伙看着娘娘库,都说真是好地方!跳家神⑧后,男女青年又歌舞起来:

娘娘库

娘娘库，大雁住，
山清水秀养万物，
出了英雄和美女，
远近闻名都羡慕。

娘娘库，快来住，
土地肥沃有桥路，
长白山下一宝地，
人丁兴旺家家富。

过了几天，富成一家搬到珲春。慢慢地，娘娘库的人口多了起来，名字也越传越远。清宣统元年（1909年）设安图县，娘娘库成为县城。1932年娘娘库改称安图，1956年始称松江。

注：①额娘：满语，即母亲。

②察玛：满语，指专司祭祀等宗教活动者。

③噶珊：满语，意村落。

④穆昆达：满语，族长之意，权力很大。

⑤尼什哈：满语，即小鱼。

⑥窝集：满语，指密林。

⑦果勒敏珊延阿林厄真：满语，即长白山神。

⑧跳家神：满族最隆重的祭神仪式。

花砬子的传说

长白山脚下，紧靠二道松花江上游，有个大砬子。这砬子又高、又陡、又圆，一年四季百花盛开，一年三百六十五天，啥时都能采来一把鲜花，兴许还能挖着人参，挖着天麻呢。所以，大伙都管它叫花砬子。谁都知道花砬子有宝，是长白山的名胜。听老辈人讲，这花砬子可有段来头。

相传，原先花砬子上并没有花草，只是长了一片老松树。砬子坡上是密密麻麻的灌木丛，砬子南边是块平地，长满蒿草。不知哪一年，闯关东奔长白山的十几个山东老乡会合到了一块，看这砬子依山傍水，松树翠绿，草木旺盛，是个好地方，便在平地搭起了窝棚。一来二去，这里烟火日增，成了个砬子屯。捕鱼打围的、放山采药的、开荒种地的，几十户人家各得其所，人丁兴旺，五谷丰登，好不热闹。

可谁知道，二道松花江水越来越浑，变得又苦又涩，鱼没了，连江边的水草都烂死了；砬子上的松树灌木，一天天地蔫巴了，鸟兽再无踪影，地里的庄稼呢，一年不如一年。再看看人吧：大人的各个关节往外鼓、往外胀，成个大骨头疙瘩，弯曲活动可费了牛劲；小孩呢，弯腿小手短胳膊，光长脑袋不长个。屯子里呢，时常来股黑风，遮天盖地，腥气扑鼻。等风过后，不是这家少了鸡狗，就是那家缺了猪羊，有时人也被卷走了。老人说，这砬子屯风水变了，都得了大骨节病，又出了妖

怪，赶紧挪地方吧。就这样不出一年，砬子屯就剩李老大家了。

这李老大，不到五十，膀宽腰圆，是个捕鱼打围的好手。老伴去年让黑风刮跑了，只剩个姑娘叫丫蛋。丫蛋长得眉清目秀，五官端正。可十六岁了，还只有水缸高，脑袋差不多有斗大。

这天一大早，李老大叹着气说："丫蛋，乡亲都走了，就咱一家两人也够呛，收拾收拾也走吧。"丫蛋"嗯"了一声，忙拾掇东西。李老大带上腰刀，说："翻过这砬子，直奔长白山里吧，眼下快入秋了，饿不死人。"依照原先，李老大腿一晃，背起丫蛋，两袋烟工夫就能爬上砬子，可现在不行了，身子一动，大骨节山响，腰酸腿疼；丫蛋一步迈不了一尺。唉，爷俩起早贪黑才走了二十多里，总算爬上砬子，顺着沟趟子找个地坑子住下了。

等天刚麻亮，可坏了，怎么了？李老大受了风，半身不遂。丫蛋不知如何是好，吓得直哭。李老大咬着牙想翻身坐起，不中啊，他出口长气说："别咋呼，别怕。爹还认识几种药，爬也能找着，兴许就治好了。丫蛋先给爹弄点水喝吧。"丫蛋流着眼泪拿着瓶子去找水，哪有水呀？她在榛柴棵子（榛子树）、柞树林里乱穿，衣服裤子刮个破破烂烂。一不小心，她被野葡萄藤子绊了一跤，"哎哟"一声摔倒了，双手却紧紧抱住瓶子。冷不丁，有人把她扶了起来，她左右一看惊得呆住了。咋啦？只见左边是个穿红袄红裤戴红花的姑娘，右边是个穿青袄青裤戴黄花的姑娘，两个姑娘可俊啦。戴红花的忙问：“小妹妹，摔坏没有？"戴黄花的忙说："上这来干啥？"丫蛋定了定神，便把砬子屯和她爹有病的事讲了一遍。戴红花、戴黄花的都哭了。戴黄花的说："都是那个钱串子造的孽！"戴红花的揉揉眼睛说："唉，别提了，快给弄点药吧。"两个姑娘一转身不见了，不一会又来了。戴红花的手里拎包捆得好好的东西，说："拿回去熬熬，治瘫巴，还治大骨节病。"戴黄花的手一指："小妹妹，这有个井泉子。"说完，两个姑娘转身就走，丫蛋才想起来，忙喊："两位姐姐，姓啥呀？"戴红花的说："我姓申，她姓田。"说话工夫，在砬子顶上不见了。

丫蛋打了一瓶子水，拿着那捆东西，急急忙忙地奔回坑子。这一来一去都快晌午了，急得李老大爬出坑子，支着脑袋，正等着呢。一见丫蛋手没空，李老大笑了。丫蛋忙把瓶子递过来，李老大只喝了一口，就觉得凉甜解渴，浑身痛快。丫蛋蹲在旁边，边打包，边讲刚才的经过。等打开包一看。吓，人参、天麻，还有其他药材。李老大一看这正是治病的好药啊，忙说："丫蛋，这是人参，天麻姑娘显灵，快磕头。"爷俩磕完头，丫蛋好歹把李老大弄进坑子，忙找家什熬药。说也巧，坑子旮旯就有一只泥罐。

丫蛋把药熬好，给爹爹端上，李老大只喝了三小口，就觉得肚热发饱，便说："不说还治大骨节吗，你也喝点吧。"丫蛋哪肯，连说："留给爹治病啊。"李老大再三催促，丫蛋也喝了三小口。这工夫天已黑了，爷俩觉得又累又困，不知不觉睡着了。一觉醒来，天光大亮。李老大翻身坐起，觉着浑身是

劲,手脚利落,大骨节全没了,忙站起来一看,嘿,丫蛋变成了身材苗条的大姑娘了,那破衣破裤子小得都没法穿了。李老大忙说:"丫蛋,快,再谢谢两位姑娘。"李老大边磕头边叨咕道:"按山里规矩,两位姑娘如果有事,只管讲,俺爷俩一定想法办。"话音刚落,两个姑娘便来到眼前。

原来,这砬子上祖居人参、天麻,看着这里人烟兴旺,两个姑娘很高兴。近几年,这里突然窜来了一条土球子(一种毒蛇),它靠吸吮长白灵芝、不老草汁液,吞噬鹿茸,渐渐成了妖。它喝过的二道松花江水,它爬过的山岭沟岔,都有毒气。水土有毒,人就得大骨节病。这家伙不但兴风作怪,祸害生灵,还天天缠住人参、天麻姑娘。再过七天它就会吸干人参、天麻姑娘的汁液。两个姑娘完了,长白山也就绝了人参、天麻,土球子就成了不死的妖怪了。

李老大听了,忙说:"俺一定救二位姑娘,保住长白山的宝物。怎么也要为大伙除害。"两个姑娘齐声道:"老人家和小妹记住,米三斗、水七缸,猪羊肚里装,在这喊三声,来找二姑娘。"爷俩连连点头。两个姑娘看丫蛋穿得又破又短小,便把头上的花摘下几瓣,往丫蛋衣裤上一贴。说也怪,那花瓣竟连成一片,成了正合身的花衣花裤,五光十色,好看极了。

这时,只见砬子北边一片乌云奔来,两姑娘忙说:"不好,快走。"说着把李老大爷俩推进个树窟窿里,一闪不见了。那乌云带着腥风,倏地就停在地坮子上边。只见一条一尺来长的土球子冲下来,一躬身就长到几丈长,把身往一棵大树上一盘,脑袋对着地坮子一晃,血红的信子往地坮子里一探,又一跃身，直奔砬子顶而去。李老大握着腰刀，还没来得及想什么，土球子早已不见了。丫蛋吓得直哆嗦，紧偎在李老大身边。爷俩细听一阵子，好像听着两个姑娘在哭泣。

好半天，乌云飞走，日暖天晴。爷俩钻出树窟窿，望望砬子顶，想着两个姑娘的话，不敢在此久留，便忙忙慌慌地赶路。这回爷俩走得可洒脱，翻山越岭，傍黑就来到了三道屯。

这三道屯，看样子有三十多家。爷俩进屯一打听，唉，跟砬子屯光景一样，现只剩七家，也正准备投奔他处呢。爷俩觉得肚子"咕咕"响，真饿了。李老大便对一个白胡子老头说："老爷子，有吃的没有？"白胡子老头一看，认准是要饭逃荒的，便说："中，中，进屋来。"不一会儿，那六家的男女老少全来了。为啥？一个要饭花子领个挺俊的花姑娘，都想看看。爷俩吃罢饭，李老大说："大伙都得了大骨节病，俺这有药能治。"大伙一听，都笑了，连连摇头。可细瞧他爷俩的身板手脚，又有点半信半疑。李老大和丫蛋忙拿出药罐热药，李老大说："一人三小勺，治不好明个搬家，不一样吗？"这话挺在理，大伙都喝了三小勺。第二天一早，七家人的病都好了，大伙围着李老大爷俩千恩万谢。李老大连连摆摆手，把土球子作怪，人参姑娘、天麻姑娘受难的事讲完，说："米三斗，水七缸，猪羊肚里装，是啥意思？"大伙一时哪能猜着。

常言道："人恋故土。"大伙病好了，谁也舍不得抛家外逃。白胡子老头说："有怪大伙抗，有宝大伙保。你爷俩的事就是大伙的事，安心在这吧，那个谜想法破吧。"就这样，一晃过了三天。

话是无腿的风。一个要饭花子领个花姑娘能治大骨节病，花姑娘比天仙还美，转眼就传到了三十里外的松江屯，就是现在的安图县松江镇。那时，松江屯才百十户人家。

这天刚黑，三道屯来了辆四马大车，车上搭着篷布。从车上跳下两个矮瘸子，拐达拐达地进屯打听，说松江屯也有大骨节病，请花子和花姑娘去看看。李老大摸不清这"花子"和"花姑娘"是谁，可是一听说是治大骨节病，便说："这药用了两回了，试试吧。"打这起，大伙都管李老大叫花子，管丫蛋叫花姑娘。白胡子老头看花子、花姑娘收拾药罐，刚要上前劝阻，花子说："治病要紧，就去就来。"

马车跑得飞快，进了松江屯，直奔一个土墙大院，爷俩被领进一间小屋。还没等喘口气，两个矮瘸子说："快点吧，弄药好治病啊。"花姑娘低声说："爹，这……"花子忙道："快，好快回去。"等药熬好了，两矮瘸子端了就走，门"咔"的一声锁上了。爷俩闷在葫芦里，不知是啥景。

等第二天一早，两个矮瘸子一拐一拐来了。花子忙问："药不好使？"一个说："好使好使，掌柜的好啦。"一个说："掌柜不给我们吃，快，掌柜有请花姑娘。"爷俩更不明白了，便跟着进了上屋，只见一个尖头麻脸鼠眼的小老头坐在圆椅上。两个矮瘸子点头哈腰道："王掌柜，这就是花子、花姑娘。"那叫王掌柜的"哼"了一声，耗子眼一转，倒吸一口凉气，哎哟，这花姑娘太美啦。他忙站起来。干笑道："嘿嘿，多谢你们俩治好我的病。我看，花子就留这儿，我养你老；花姑娘嘛，嘿嘿，另有安排。"

这个王掌柜，外号叫王耙子，开了一个烧锅，一个油坊，一个粉坊，还有几十坰好地，为人奸狠毒坏。他见药能治病，哪舍得给穷伙计，连狗腿子也捞不着。他留着药，准备自己和孙子、儿女用。这不，他把药罐摆在桌子上，眼盯盯看着花姑娘，咽咽唾沫，"嘿嘿"两声，对两个矮子使使眼色，走出了屋。两个矮瘸子满脸奸笑，说："花子，福来了。王掌柜意思是，花姑娘给掌柜当小的，今晚就入洞房……"花子脑袋"嗡"一声，气得直咬牙，一股火上来，他冲着两个矮瘸子左右开弓"啪啪"两耳光，花姑娘抱起药罐，喊道："爹，快跑！"爷俩刚出屋，正巧王耙子往屋里进，王耙子一看，忙喊："来人呐！"花子一急，一拳头把王耙子打个跟头，这家伙翻身抱住了花姑娘的一条腿。花姑娘又急又怕，冷不丁想起用另一只脚用力踢。这一下子，王耙子撒开了手，闹个鼻口蹿血，他嚎道："来人呐，抓花姑娘！"爷俩不敢奔前门，左弯右拐，来到后院土围墙边。花子翻身上了围墙，墙外就是二道松花江了。花姑娘抱着药罐子怎么也上不了墙。花子忙说："快扔啦！"花姑娘说："不能留给这个畜生！"花子一扬手说："使劲往外扔，外边是大江。"花姑娘用力一撇，药罐"嘣"一声落进江里，江水哗哗泛起白沫，一会就水清透明了。据说，从这开始往下游，二道松花江水再也没毒了，鱼儿又繁殖起来，沿江两岸的人们也没有大骨节病了。

再说花姑娘刚上围墙，后边狗腿子追上来了，可都是一拐一拐的，怎么也追不上。王耙子蹦着高喊："快拿家什打！"爷俩一听"扑通扑通"跳进江里。王耙子带人赶到江边，看花

子、花姑娘逆水而上,心想:"得不到花姑娘岂不枉为人一场。"忙带人沿江追赶去抓。

　　花子、花姑娘游了一会,赶忙上岸。花子叹口气说:"山里有妖,人里有怪。快去想法救人参、天麻姑娘,再去别的地方吧。"现在,花姑娘有点后怕,连连点头说:"爹,快上三道屯吧。"爷俩到了三道屯,大伙都迎上来。白胡子老头说:"大伙正等你俩回来呢,那个谜猜着了。"花子、花姑娘连忙问:"是啥?"白胡子老头说:"米三斗,水七缸,是造酒呀。猪羊肚里装,是把酒装到猪羊肚、肠子里,对不对?"爷俩一听连连点头,对呀,毒蛇吃了猪羊肠肚什么的,不就醉了吗?花子点着头自言自语道:"可现造酒得多少天?不赶趟了。"花姑娘忙说:"爹,那咋办?他们撵来……"大伙一听挺纳闷,忙问个究竟。花子把去松江屯的事一讲,大伙可气坏了,说啥的都有。白胡子老头一摆手说:"我看这么着,快点准备去碇子用的东西。王耙子若来再说。"花子忙说:"那酒、猪羊……"大伙又都讲起来,这个说有酒,那个说有猪、有羊的。当下,杀猪宰羊的,收集陈酒的,嘿,三道屯忙活起来了。

　　讲故事的嘴快。三道屯出了七个小伙子,帮着花子、花姑娘抬着、挑着那些灌好酒的猪羊肠、肚、吹膀,直奔碇子。到了地坮子边,大伙把东西放下,个个都喘着气,淌着汗。花子摸摸腰说:"小伙子,快回去,多亏大伙帮忙,等完事后俺一定去谢乡亲。"七个小伙哪里肯走,都要在这守着。花子忙说:"你们在这儿,人参、天麻姑娘不能来呀。"其实,花子是怕出危险，硬是要支走小伙子。七个小伙子一听，只好远远地躲在一边。花子和花姑娘刚要喊人参、天麻姑娘，只听"呼"的一声风响，土球子已来到地坑子边。它把尾巴往大树上一蜷，吐着信子直奔猪羊肠、肚、吹膀。花子一见，忙推花姑娘说："快躲开！"花姑娘忙说："爹，你快跑！"这爷俩你推我让，谁也没走。土球子脑袋一晃，噢，还有两人哪，来吧，它把血口一张，"嗖嗖嗖"三声，把花子爷俩加那堆东西全吞进了肚。土球子摇摇身子觉得挺饱，赶快往大树上一盘，上下左右勒起肚皮来。

花子、花姑娘哪受得了，只觉得身骨变酥，皮肉溶化，可一时还没糊涂。花子掏出腰刀，把那堆东西全捅开了。这下子土球子猛地觉得浑身发热，头脑皆沉，便慢慢从树上滑下来，挺挺身子，直溜溜地醉过去了。花姑娘强挺着说："爹，割口子咱们好出去。"花子一听，对呀，他两手握刀，拼命地在一个地方来回划，眼看就割开土球子的皮了。这土球子一疼没动弹，二疼没翻身，最后那几下子它可觉出来疼了，身子一伸屈腾空飞起。这时，花姑娘正在张开双手，帮爹爹用腰刀划。爷俩一用力，划开了一个大缝子。爷俩一头从缝子里掉下来。爷俩刚摔到地下，人参、天麻姑娘来了。一个姑娘抱一个，飘飘悠悠地直奔砬子顶。不一会，砬子上开满了五颜六色的花。

再说王耙子顺着江直追到砬子边，只见砬子上花花绿绿，花子和花姑娘正站在砬子顶上，旁边还有两个俏姑娘。王耙子乐得直咧嘴，耗子眼一眨不眨，挥挥手，带着狗腿子拼命往砬子上爬。王耙子刚要爬到砬子顶，就"啊"一声跌倒摔死了，

尸首一气儿轱辘到江边水里。几个狗腿子一看，早吓得往回逃。那三道屯来的七个小伙子，望得真真切切，只见砬子上万紫千红，江边王耙子变成了一块板石。七个小伙子正不知如何是好，三道屯男女老少全赶来了。七个小伙子一讲，大伙都哭了。白胡子老头一指砬子顶说："花子、花姑娘，俺们忘不了你们！"大伙一瞧，花子、花姑娘正摆手让大伙回去呢。人参、天麻姑娘也在挥手，接着，一闪都不见了。打那以后，这砬子就叫花砬子。有大骨节病的人到这，准能采着药治好病。一年又一年，这大骨节病就越来越少了。

那块江边的大板石，大伙都叫王八石。到如今，姑娘来洗衣服还叨咕："王八石，平光光，棒槌狠砸你脊梁。咣啺啺，乐坏花子花姑娘。"这花砬子上的百花开得更艳啦。

那条土球子呢，飞了一阵就摔下来死了，变成了一条弯弯曲曲的山岭。起初，都叫它蛇盘道岭，慢慢地就叫成了盘道岭。至今，走在七弯八拐的盘道岭上，还不时有一股股的酒味呢。

（讲述者：武桃水）

万宝

万宝位于长白山麓的古洞河畔,土地肥沃,资源丰富。民谣云:"万宝遍地宝,棒打也不跑。"

史书记载,清政府为保护祖先发祥地,于康熙十六年(1677年)将长白山一带封禁起来,人迹罕至。可不久,山东等地洪水泛滥,灾民纷纷闯关东,冒禁潜入长白山谋生。

传说这年春,从莱阳来个黑瘦的小伙叫王宝合,他父母双亡,跟在一伙逃荒人的后头寻找落脚点。那时,进山人每遇奇石怪景树墩,都要磕头作揖,祈求神灵显圣。一次,王宝合跪在一旁,低着头把知道名的玉皇王母、如来观音、龙王关公、山神把头全叨咕一遍,求他们保佑。末了,他把听到的天池怪兽也讲出来虔诚地求它保佑走好运。他三拜九叩完抬头一看,傻眼了,那伙人早不知去向。他爬起来边跑边喊人。莽莽林海,哪有人回音。猛地,他见一棵树下坐着个老人,有气无力地说着什么……王宝合不假思索,解开系在腰后的包袱,拿出仅有的几张煎饼就给老人吃。老人大嘴一张吃完了,站起来说:"小伙子,上哪儿呀?""俺头次进长白山,也不知上哪,俺跟着你,侍候你,中么?"老人笑道:"心眼不错,走吧。"老人一走一跳,好快;王宝合大步紧追,好累。走着走着,王宝合觉得又乏又困,竟扶着大树打起盹儿,老人来到跟前说:"吃你煎饼报你恩,古洞河边安下身。大甸子里好种田,莫忘

沙滩勤淘金。治病当抓无脚物,得了珠宝又成亲。"王宝合忙说:"那点煎饼算啥。"老人拍拍他肩膀:"记住,快往前走吧。"王宝合身子一晃,睁眼四望,方知是梦,他想这定是天池怪兽来指点,便磕头作揖,急往前走。

走出树林,下了山岗,是一片荒草甸子,传来"咕咚咕咚"声。王宝合循声找去,只见一条大河浪花翻滚,"咕咚"声此起彼伏。他想:这"咕咚"河就是古洞河了,还有大甸子,就是俺的家啦!从此,他起早贪黑在大甸子开荒种地,在古洞河边挖沙淘金。

有一次,一小队清军巡山,王宝合不慎被抓住。清军把他棒打一顿,还要拆舍毁田,并要把他带走。王宝合忍着疼痛,左呼右求,拿出一碗金豆豆才算逢凶化吉。以后,遇着官兵,他不是送金送物,就是躲避起来,果真是棒打也不走。

这年,苞米大丰收,金豆淘了一水瓢。上冻时,王宝合挑了些大点的金豆,顺着冰爬犁道,硬是步行到了船厂(吉林),卖金买了三挂马车,装上日用品满载而归。他这一走一回,消息传开,有几户人家奔他来,问他住的地方叫啥名。王宝合说叫古洞河,也叫大甸子。这是万宝最早的地名。

王宝合把几户人家安排在东西南北沟岔里,以防清军搜查。一有空就教几个小伙子淘金,越干越熟练,金子越淘越多。那时,船厂(吉林)、营口等地提起古洞河黄金,都抢着收购。

一年夏天,西北岔王福的姑娘俊丫突病不起,晚上直叫唤,白天叫不醒,眼看姑娘就没命了。这方圆几百里,哪有大夫？王福急得团团转，托人往八方捎信。王宝合冷丁想起"治病当抓无脚物"，便赶奔王福家。

王福家旁边有个水泡子。王宝合了解到姑娘经常在泡子沿割草，有时还下水，便不动声色地围泡子转了转，心想：泡子里的无脚物是什么？鱼、蚌、水长虫……他有了主意，他套上三挂马车，请了几个小伙子帮忙拉沙子，整整用七天时间才将泡子填平，最后一条一尺多长的鲇鱼蹦了几蹦死了；俊丫出几口长气好啦，她是被鲇鱼给迷住了。王宝合把鱼眼剜下来，果真是晶莹的珠宝。不久，王宝合和俊丫成了亲。王福死后，王宝合把他葬在大岭上，那地方便是如今的王福岭。

长话短说。王宝合勤苦劳作，省吃俭用，几年工夫就发了。有一年，他觉得财力差不多了，便雇人开修古洞河到长白山天池的道路。可惜，由于那时的艰苦条件、恶劣气候，劳力短缺，好几年仅修了古洞河到娘娘库（松江）四十多里简易的大车道，修了娘娘库到二道白河五十多里的羊肠道。王宝合在他住处东南的山岗上建座大庙，里面供着他知道的九位神灵。

以后，王宝合因找不到教孩子的私塾先生，举家迁往船厂（吉林）。王宝合发迹走了，人们便把他住过的地方古洞河、大甸子改叫"王宝合子"了。

光绪七年（1881年），清政府为加强边务，增加财政收入，废封禁令，并招民垦荒，长白山一带人烟大增。许多人来到王宝合子，要学王宝合发家。大伙种地、淘金、打猎、捕鱼、放牧、挖参、采药、伐木……干啥啥兴，渐渐把"王宝

合子"音转为"万宝合子",简称"万宝"。当时,儿歌道:"万宝万宝聚宝盆,天池怪兽是保护神。家家发财好日子,喜事不断传村屯。我敲铜盆当当响,盼望怪兽来串门。"

　　儿歌传唱至今,万宝日趋繁荣,成为盛产稻谷、人参等的大镇。

福满

福满,位于安图县城明月镇西南,方圆一百多里。这里不仅因为有国家级农业旅游示范点福满沟而名气远扬,还因为汇集了众多"福"字头的地名,成为长白山城名文化的亮丽风景。美好的地名传说,更令人神往。

相传,很久以前,一位仙女来到这里就被青山秀水、奇花异草、翠谷沃野吸引住了。她流连忘返,触景生情,吟诗道:"风光绚丽景色新,姹紫嫣红万木春。此地为何胜仙境?祈得福来育子孙。"仙女想留在这里了。正巧,勤劳朴实的小伙子大勤走过来,低声问:"小姐,在说什么?"仙女脸一红,低下头来。大勤一本正经地说:"我叫大勤,是阿玛、额娘(满语,爸爸、妈妈)起的,盼我勤劳得来幸福……"仙女红着脸说:"看来是天意让我们相识啊。"两人一见钟情,越唠越亲热。仙女问:"这地方叫啥呀?"大勤说:"这是三条河汇合处,都叫三合水。民谣道:三合水,三合水,福气满满日子美。"仙女说:"叫三合水的地方太多了,这块这么奇秀有福气,还叫三合水,唉!"大勤忙问:"那叫什么好?"仙女笑道:"就叫福满好不好?"大勤高兴地说:"福满,幸福美满,太好啦!"

大勤把巧遇仙女,仙女改地名的事跟阿玛、额娘一说,全家人乐坏了。穆昆达(满语,族长)得知大喜,一面下令将

福满

三合水改为福满,一面张罗着为仙女和大勤成亲。小两口恩恩爱爱,生儿育女,勤快能干,过起幸福美满的生活。

光阴似箭,转眼小两口变成老阿玛、老额娘,和七个成家立业的儿子住在一个大院里,儿子的儿子又成家,几十口人,四世同堂,好不热闹。

常言说,家大事杂,铁人也累趴下;人多嘴杂,金子也会熔化。老阿玛、老额娘感到力不从心了,应该让孩子们各自为政、各显其能了。经过多次商谈,划明每个小家分得地方的位置,标明分得的财物等,大家全都同意了。这天,全家人举行了隆重的祭神祭祖仪式,公布分家结果,吃喝唱跳。这时,早接任穆昆达的老阿玛说:"现在开始作诗,内容是分什么不分什么,隔什么难隔什么,干什么在什么地方,你们都是从福满分出去的,那地方必须叫福什么,最后盼什么。从老大这往下轮,不合格的收回财物!"大伙吓了一跳,议论起来。老阿玛笑道:"在你们仙女额娘的培育下,咱们都识文断字,我先作一首。"老阿玛坐在饭桌前吟道:"分筷分杯不分桌,隔碟隔碗难隔喝。儿孙分家在福满,八方创业喜事多。"众人连连叫好。老额娘说:"福满,真是福山。福满林,福满门,养育咱们福满人。你们分到的地方带福字,长白山神保佑,一定会人丁旺、家业兴、福相伴。念完诗,再把新地名强调一下。"

老大看着远处朗声道:"分田分地不分心,隔山隔水难隔音;开荒种粮在福兴,五谷丰登献双亲;我那地方叫福兴!"一阵掌声。

老二看看山上的大庙拉起长声:"分金分银不分亩,隔坡隔岭难隔道。放山打围在福林，盼着小儿坐官轿。我那地方叫福林。"又是一阵掌声。

老三不慌不忙地念道："分牛分马不分鞍，隔村隔屯难隔天。开个客店在福地，当上掌柜把扇扇。我那地方叫福地。"又是一阵掌声。

这么说吧，一个接着一个，诗作各有风趣。报出的地名有福岭、福岩、福顺、福安、福旺等，也各有特色。轮到最小是孙子辈的黑胖子，他大咧咧地喊道："分猪分羊不分膘，隔栏隔圈难隔臊。拎鞭放牧在福场，盼着母的多下羔。"大伙哄笑起来，有人让重来，他摸摸脑袋，又喊道："分猪分羊不分尿，隔沟隔坎难隔叫。拎鞭放牧在福场，盼着公母快睡觉！我那地方叫福场。"大伙又笑起来。后来，人们把福场叫作福傻甸子。

接着，老七代表儿孙致诗："分开不分阿玛额娘，隔峰难隔亲情衷肠。敬祝二老福满长寿，年年康乐岁岁吉祥。"大伙行三拜九叩大礼，感谢养育之恩。老额娘也动情地吟道："分家不分烦恼愁怨，隔海难隔牵挂思念。莫忘和睦勤俭善良，盼得喜讯常常相见。"

没过多少年，各地方都形成了村落，越来越兴旺。"福"字打头的山岗丘坡、河溪沟谷等地名，比比皆是。福满也成为远近闻名的集市，热闹非常。

瓮声砬子

安图县城里有一个石砬子,立在道旁边。这就是有名的瓮声砬子。

早些年,这儿是一片蓝色的汪洋大海。只在一条山沟里,住着几十户人家。每当月亮升起来的时候,沟里就照得明晃晃,亮堂堂,因此人们就给这条沟起了个名字叫"明月沟"。

这里土地肥沃,人又勤快,可是庄稼却十年九不收。因为在那片汪洋大水里,住着个水蛇精。它是个又凶狠又歹毒的家伙,三天两头兴风作浪,发水淹沟,害得明月沟的人们一年年缺吃少穿。

在明月沟的南头,住着个名叫韩砬子的小伙子,长得膀大腰圆,浑身是劲。他三岁时,爹爹上山挖棒槌没回来,妈妈上山去找,又在半道上被水蛇精给抢去了,于是砬子就成了孤儿。俗话说得好:"穷人远近一条心。"砬子全靠乡亲们的抚养才长大成人。他看到水蛇精年年祸害人,又听说妈妈就是这个妖怪给害死的,便决心为母亲报仇,为乡亲们除害。

却说这年秋天,庄稼长得很好,谷穗耷拉到地,高粱红似火。人们眉开眼笑地打绳磨镰,准备收割。一天晚上,韩砬子在大月亮地里磨镰刀,忽听那片大海震天动地响起来。他心里猛然一动,把镰刀一扔,操起大板刀,拎起硬弓长箭,便朝水边跑去。大老远就望见那水翻山倒海滚滚而来,一个巨浪跟着一个巨浪,水花溅起老高。不一会儿,只见水蛇精果然摇头摆尾地钻出水面,它张开大口,吐着血红的信子,"嘎嘎"地怪笑着。韩碰子恨得把牙咬得咯咯直响,拉弓搭箭,用力射去。水蛇精一声狂叫,一个筋斗栽进浪中;可是它挺身一跃,大水又逼上来。韩碰子边战边退,终于败了下来。于是眼看快到手的庄稼,有不少让大水给淹了。回到沟里,他和乡亲们一讲,有一个小伙子一跺脚说:"走,咱们和它拼了!"老年人却说:"人多才好办事,不能凭单枪匹马闯啊。那妖精不容易对付,先找几个人顶它一阵,好抢着把淹没的那些庄稼收回来。"

第二天晚上,韩碰子带领十个武艺高、水性好的小伙子,早早就来到水边等着。原来这水蛇精白天不敢露面,只有晚上才肯出来。为了报那一箭之仇,水蛇精果然又掀起巨浪,率领虾兵蟹将驱水而来。隐在暗处的小伙子们立刻乱箭齐发,把水蛇精打得大败而逃。水蛇精心中又恨又怕,自言自语道:"凭我活了八百多年,难道就栽到他们手里?管它黑夜白天,明天早晨给他来个冷不防。"第二天,天刚一放亮,沟里的小伙子们跟水蛇精战了一夜,都乏了,此时睡得正香。水蛇精趁机发起大水,又淹了不少庄稼。大伙醒来一看,个个气得顿足捶胸,发誓要和这个妖精拼个死活。韩碰子说:"光着急不行,得想个办法才是。大伙辛苦了一年,全指望这地里的庄稼,无论如何,也不能让水蛇精给糟蹋了。我看这么办,大伙都抢收庄稼,我一个人也没啥挂心的,就给大伙打更。要有风吹草动,我再喊你们。"大伙一听,便都忙着割庄稼去了。

韩碰子到水边转来转去,挑了一个可以眼观六路、耳听八

方的山角,坐在那里观察水面。一天过去了,两天过去了,倒也平安无事。这天太阳刚刚落山,火烧云把水面染得通红。忽然,水面微微泛起层层水纹。原来水蛇精以为,这几天没啥动静,人们准会麻痹大意,现趁吃晚饭的功夫,再捞一把。韩碇子一见连忙跑下山来报信,大伙立刻奔向水边,截住水蛇精。几个棒小伙子和那妖怪厮杀起来,只搅得水浊浪浑。韩碇子抽个空子,拎起大刀,向水蛇精的信子砍去。那妖怪疼得尖叫一声,转身就跑。韩碇子一把捏住它的脖子,把它拖上岸来。俗话说得好:"好蛇架不住三甩。"韩碇子猛力一抡,可是这水蛇精生得又粗又大,哪里抡得动?砍断了,一转眼它又接上了。在岸上,它左滚右翻,东转西拐,只闹得沙飞石走,最后,还是溜掉了。

大伙一看都很发愁。韩碇子说:"愁啥?我死也要盯住它!"他让大伙赶紧回去吃饭、干活;自己照样坐在那个山角旁,看着水面。他已经有几天几夜没合眼了,不由打起盹来。忽然,一个白胡子老头走过来对他说:"瓮中装酥蛇,填水架烈火。对外若开口,化成大石头。"连说三遍,用手一推韩碇子道:"看,涨水了!"韩碇子吓得忙睁眼细看,人影俱无,方知是梦。只见雪白的月亮,把大水照得一片光亮。不久,水波又微微荡漾起来。韩碇子忙下山喊人,并告诉大伙抬着土瓮,扛着柴火,呼呼啦啦地来到水边。水蛇精钻出水面,一看土瓮脸色大变,连忙收水回巢。人们见这都很奇怪,就向韩碇子探问根由。这时韩碇子心里犯难了:怎么办呢,是告诉还是不告诉?想起白胡子老头的嘱咐,他不由地打了个寒噤;可是转念一想，要消灭水蛇精，光靠自己不行，只有大伙都知道了根底，劲头才能拧到一块去呀。想到这里，他便把白胡子老头说的头两句学了几遍，人们一听欢喜异常。韩砣子又翻身奔向山岗。月亮落下去了，天放亮了。韩砣子站在山角上，望着茂盛的庄稼、忙碌的人群，心里充满幸福。不知为什么，他觉得浑身一阵难受，手脚也阵阵麻木，便在石头上坐下来。这时，大水又突然猛涨起来。韩砣子多么想跑下山给大伙送信呀！可是他怎么也动弹不了啦，眼看着水蛇精摇头摆尾地钻出水面。他一急，便高喊："瓮——瓮——"水蛇精一听，吓了一跳，当它看到没什么动静，便拥着水浪率领着水族向岸上涌来。

　　正在割地的人们听到韩砣子的喊声，拿着刀枪，带着瓮、柴，就往水边跑去。半路上，刘大爷嘱咐众人把土瓮遮掩住，免得让妖怪望之逃脱。韩砣子看到人们没拿瓮来，便又高声大喊："瓮——瓮——"还没等住口，他已完全变成石头了。

　　水蛇精左看右看，不见土瓮，心中大喜，怪笑一声，就直窜岸上，向众人凶恶地扑来。刘大爷一挥手，人们把水蛇精团团围住，刀枪棒棍，一齐打来。水蛇精如何招架得住，寻个空隙就往外闯，哪知道人们正敞着瓮口等它呢，水蛇精一头钻进瓮里，急得忙想方设法往外挣。人们便加水的加水，封口的封口，架柴的架柴，点火的点火，一口气便把妖怪煮死了。已经变成石头的韩砣子，坐在山角上，不由咧开嘴，发出"瓮——瓮——"的笑声。

　　从此，明月沟的人们过起安宁幸福的日子。勤劳善良的人

们,常常想着韩硳子,他也总是和乡亲们"瓮——瓮——"地又是说又是笑。为了纪念他,人们就把山角上这块石,叫"瓮声硳子"。

二龙山

相传,一对龙伴侣畅游了长白山天池后,便北上来到明月沟,在布尔哈通河里玩起来。突然,传来喊叫声:"救命啊,救命啊!"两条龙举目一看,河边不远处,一个又黑又丑的大汉正紧紧搂住一个穿红袄、戴红花的白胖白胖的小姑娘呢。两条龙飞身上岸,直扑了过去。

公龙仔细一瞅,冲着大汉喝道:"孽种,你跑到这儿来了,快松开!"原来,这大汉是东海龙宫龟宰相的儿子龟三,这家伙仗着老子的权势,为非作歹,被逐出龙宫。他听说吃了长白山千年人参能身强力壮、长生不老,便一路寻找而来。真是天赐良机,在这儿就碰上了来洗脸的人参姑娘。龟三"嘿嘿"冷笑着,想把人参姑娘抱到偏僻处,细嚼慢咽地美餐一顿。谁知,冤家路窄,竟遇上龙王的儿子儿媳。龟三脸一沉道:"这可不是东海,怕你不成!来,决一死战!"

两条龙素知龟三的德性,四目相对,心领神会,一个直奔龟三,一个去救人参姑娘。立时,混战成一团。

整整斗了三天三夜,龟三跌跌撞撞地跑出百十米倒下了。人参姑娘得救了,可两条龙也气息奄奄。人参姑娘哭道:"恩人呐,快把我吃了,吃了就恢复元气了……"公龙说:"我们这是为了救你,怎么还能吃你呢?我们死而无憾。"母龙说:"惩治了龟三,除了一害,你快走吧。我们心满意足,永远留

在这块美丽的地方了。"两条龙含笑相依相偎，化作山岗，似龙腾虎跃，生气勃勃，这便是二龙山；龟三缩成一团，变成龟山，圆圆的山包，像要滚动。人们把这奇异景观，称为"二龙戏珠"。龟山又像塔，也叫塔山。

　　人参姑娘没有走，一直守护在二龙山上，陪伴在二龙身边。有时，二龙山脚下东边的布尔哈通河、西边的福兴河，会倒映着火红火红的人参花。人们说，这是"二龙护参"，也叫"参伴二龙"。二龙山公园人参姑娘雕像，雕的就是那个被二龙救护的人参姑娘啊。

亮兵台

亮兵台是长图铁路沿线的一个停车站,图乌公路也从这里通过。亮兵台依山傍水,景色秀美。关于亮兵台这个名字的由来,还有一段故事呢。

相传,清光绪二十三年(1897年)夏,珲春一带江河暴涨,洪水泛滥,灾情严重。吉林将军急令组成救援队伍前往受灾地。队伍顺利通过哈尔巴岭,来到一山岗平台,突遇大雨,人马大乱。官兵们眼看赈灾粮被淋湿了,叫苦不迭。

大雨过后,附近的村民纷纷赶来帮着晾晒粮食,还带来饭菜让兵士充饥。两天后,队伍整装待发,众官兵齐声呼喊:"感谢晾米台的父老兄弟姐妹!"听到这呼喊,乡亲们好惊喜:这平台叫晾米台,这名字太吉祥了。不久,这里便形成了屯落——晾米台。

光绪二十六年(1900年)六月,沙俄侵犯珲春,边关告急。一队队清兵在晾米台集结操练后奔赴前方,当地许多青壮年也纷纷从军而去。人们说,晾米台变成练兵台了。谁知,叫来叫去又叫成了亮兵台,亮兵台地名由此而得。

1934年3月敦图铁路通车。在距亮兵台五里远的地方设了一个停车站,定名"亮兵台"。之后,这里人烟逐渐稠密起来,而老亮兵台则逐渐冷清,后改名为凤栖,以示吉祥。

其实,如今的亮兵台是新亮兵台,不是原来的那个亮兵台。

十八拐

图乌公路"十八拐"在五虎岭上,蜿蜒曲折,险象环生,令人惊叹。

五虎岭上本没有路。有一年夏天大雨连绵,布尔哈通河水暴涨,五户屯住户忙着搬迁,突然发现河里有一只威户(满语,一种小船)被浪打翻,三个人落水拼命呼喊,待把他们救上岸,才知道是朝廷派的信使,往珲春传送重要的公文。他们昼夜兼行,越过哈尔巴岭,准备顺布尔哈通河而下,再赶陆路。谁知遇险受阻,三个信使急得团团转。他们想借马而行,可五虎岭下的土路已被洪水淹没。住户们劝他们换衣服休息休息。他们连声叹息:国家边防大事,十万火急,耽误了可怎么得了?穆昆达说:"国家的事就是咱最大的族事,把信使送过五虎岭,再备马前行!"他忙通知各旗丁携锹带镐,顺着五虎岭山势冒雨开道;又挑选十二名彪形大汉,或背或抬着信使翻过了五虎岭。三位信使在岭东骑上骏马,感动得连呼"皇上万岁",扬鞭策马而去。

从此,五虎岭便有了羊肠小道,俗称"弯弯道"。民谣说:"弯弯道,道弯弯,又登又爬步步艰。老天保佑过得岭,回家至少躺三天。"

光绪元年(1875年)清政府为加强边务,派旗兵整修弯弯道,始可过驮马。后来能行走畜力车,但事故迭起,每年仅夏季的无雨天可行。光绪三十四年（1908年），延吉边务督内大臣吴禄贞为发展延边经济，增强边务实力，在前人修治弯弯道基础上，亲自挂帅，率领筑路大军奋战在五虎岭上，加宽路面，裁弯取直，平缓陡坡，最后十里的弯弯道剩下二十九个急转弯。有人建议，重起路名：叫"二九拐"好不好？吴禄贞想了想说："二九均不以为是二十九，多为十八也。十八，意谓之多，实非准数，定名'十八拐'吧。十八十八，过岭即发，岂不妙哉！"这样，五虎岭就有了十八拐。

　　由于种种原因，十八拐适应不了时代发展的需要，不堪重负。一首民谣道出大众的心声："十八拐，拐十八，拐弯陡，陡弯滑，雨雪路不通，好天得铺沙。来往客惊心，几多血泪洒。何时路坦坦，马欢人哈哈。"如今，东北最大的公路隧道——五虎岭隧道已通行，人们的夙愿变为现实了。十八拐就成了寻奇探险的古道，成了历史的见证。

二青河

在长白山支脉同林岭西麓,有一条二青河。清澈的河水,汩汩流淌,滋育着流域的万物,也在讲述着一个感人的传说。

相传,这一带本没有河流,俗称窝集岗子,是满语森林密集的山岗之意。因土沃坡缓,形成了小聚落。在清军大举入关时,窝集岗子的旗民也全搬走了。有一年,山东大旱,灾民纷纷漂泊到长白山,有十几户汉族流落到窝集岗子,便住下来。不知过了多少年,几户朝鲜族因家乡闹饥荒,也迁移来了,这样,窝集岗子就成了民族屯。

俗话说:"镰刀斧子,各有所长。"汉族、朝鲜族虽说语言不同,民俗不同,可各自的长处都令对方尊重和学习。渐渐地,相互往来增多,和睦相处,十分融洽。

常言道:"靠山吃山。"家家户户挖人参、采蘑菇、摘木耳、种庄稼,起早贪黑,忙忙乎乎,虽说劳累清贫,但感觉这地方还不错。一到传统节日,汉族包饺子、炒菜,请朝鲜族过来;朝鲜族做山珍菜、肉酱汤,请汉族过来。大伙吃喝说笑,又唱又跳,好不快乐。有时,大伙讲起吃的,朴大爷就津津有味地说起打糕怎么怎么好吃,众人便笑起来。快讲百八十遍了,没有黏大米,说那些有啥用,让人还馋得直舔舌头。

朴大爷呢，得了心病，整天想着打糕。有一天，他和儿子商量，让他到延吉岗去买点黏大米。儿子正和汉族李大爷的儿子核计什么呢。听了父亲的话，儿子一字一板地讲起来，朴大爷又惊又喜。

原来，两个年轻人要去找水源，开河道，种水田。说来也巧，李大爷的儿子叫李青松，朴大爷的儿子叫朴青松。两个青松，两个民族，干脆一个叫汉青，一个叫朝青。汉青和朝青，带着腰刀、弓箭防身，又带上大镐铁锹，带上煎饼泡菜，告别送行的乡亲，顺着同林岭的沟趟子找起了水源。

你想，山林密布，灌木丛生，寻找水源谈何容易，两人一前一后，慢慢地往前闯，细细地往下看。就这样，在岭前岭后岭东岭西转悠了三七二十一天。两人走啊走啊，突然前边是沼泽地，一走一陷，水凉凉的，清清的。两人高兴地沿着沼泽往前赶，只见一座石头砬子，下边一个大石洞。洞口渗出水来，汇成细流。汉青说："怪呀，是什么堵住洞啦！"朝青瞪大眼睛看着说："水好像是硬挤出来的。"两人急忙奔过去，再一看，吓呆了。

洞口稍往里点盘着两条大蟒，跟石头色一模一样。听着动静，两条大蟒把头从蜷曲的身子里伸了出来。朝青慌忙拉弓上箭，让汉青快躲。汉青也忙抽出腰刀，让朝青往后。一见此状，两条大蟒眼露凶光，可只一闪，又平静下来。

临了，汉青觉得这样大的蟒说不定有了灵性呢，便有戒备地收起腰刀，对朝青说："来，咱俩来拜见神蟒！"朝青也收起了弓箭。汉青说："我们哥俩为乡亲找水，要种水田，那时

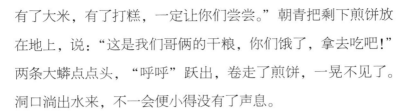

有了大米,有了打糕,一定让你们尝尝。"朝青把剩下煎饼放在地上,说:"这是我们哥俩的干粮,你们饿了,拿去吃吧!"两条大蟒点点头,"呼呼"跃出,卷走了煎饼,一晃不见了。洞口淌出水来,不一会便小得没有了声息。

两人进洞一看,里边竟是个水潭。因为洞口太高,水不能畅流。没说的,刨吧挖吧。两人抡锹挥镐,夜以继日,不停不歇。两条大蟒感动了,给他俩送回来煎饼,还送来了鲜果。两人吃饱喝足,又干了起来。

这天傍晚,挡在洞底的巨石被打碎了,随着一声炸响,潭水汹涌地冲了出来,顺着山势,向下流去。汉青和朝青早已筋疲力尽,哪里能站稳脱身,被流水卷去。他俩手挽手,高呼:"来水啦,有河啦!"乡亲们听着水声、喊声,都来到河边,哭着喊着汉青、朝青的名字。

吃水不忘打井人。为了感激和怀念,人们就把这条河叫二青河了,窝集岗子也改名叫二青,两个民族更亲近了。有人说,夜深人静,汉青、朝青就骑着神蟒疏通河道,巡游查看呢。从此,二青河边有了水田,大伙的日子越来越好了,朴大爷也经常显露一手。

每到秋收开镰割水稻时,汉族、朝鲜族会约定吉日一起来到二青河边,把饺子、打糕、马格力(米酒)倒进河里,让汉青、朝青吃吃家乡的饭,喝喝亲人的酒;也了却他俩的心愿,让神蟒美餐一顿。

接着,人们便跳起舞来,齐声唱道:

二青河,哗哗流,
英雄永远记心头。
民族团结代代传,
亲如一家情悠悠,
同甘共苦努力干啊,
年年岁岁庆丰收……

郭兴成 故事传说选

松枝松叶

　　从前，在长白山下住着两口子，都快四十了，还没儿没女。大伙说，是女的太缺德了，可惜那么好个刘老大要绝后了。提起这女的，"损"到家啦，大伙都叫她"母夜叉"。她有个弟弟，脑袋秃得苍蝇一落都滑下去，跟她姐姐一路货，满肠子坏水，大伙叫他"秃头鬼"。姐俩一合计，便看准刘老大。刘老大，刘老大，光会干活不会说话。他一寻思，一个人的日子没法过。便说："行啊，过吧！"不用提，这家是母夜叉当了。刘老大一声不吭，种了一大块地，插空还上长白山挖棵参刨点药，冬天套个狍子。尽管一勤一懒，日子还对付。可住家起火，过的是孩子呀。十多年，没一个孩子，你瞅多急人！

　　有一天，刘老大铲完地正往家走。猛听见"哇——哇——"叫个不停，是小孩哭呀。他顺声一找，在大土岗子上的松树下，放着一堆松树枝，一个小孩躺在里头哭呢。刘老大四下望望，远近没人影，日头西落了。喊了几声，没人回应。便抱起来，亲个嘴，欢欢喜喜回到家。

　　到了屋，还没等他说完，母夜叉可烦了。她把粗脖一扭，喊道："哪家野杂种，我不要！"刘老大"唉"了一声，说："四五个月了，准是养不起扔的。留下吧，一来救命，二来咱有后了。"母夜叉揉了揉肿眼泡子，"嗯"了一声。刘老大乐坏了，说："就叫他松枝吧！"母夜叉看看松枝白嫩的脸，一双大眼睛,说:"扔炕梢吧,快挑水!"

第二年秋,母夜叉可"抖神"了,生个胖小子,刘老大给起个名,叫松叶。母夜叉自来对松枝就是高兴了打两下,不高兴拧几把的,这一下,简直要把松枝整死。你瞅吧:吃饭时,松枝啃苞米干粮,松叶嚼油炸糕;穿衣时,松枝是破布烂条子,松叶是好衫新褂;提到干活,唉,更甭说了。

刘老大心里像明镜似的,嘴上可不敢说啥。只好在背后,给松枝点吃的,再不对松叶说:"吃东西,给哥一半,噢?干活时,多用点力,噢?"松叶这孩子,可是正经孩子。跟松枝处的,比亲兄弟还亲。母夜叉给他啥,都拉不下哥哥。看见哥哥干活,他便偷着去帮忙。

日子过得就是快,说话工夫,一晃十五年,松枝、松叶都长大成人了。母夜叉看着松枝,宽膀粗腿,浓眉大眼,心里就憋火。这年刚挂锄,刘老大又放山去了。母夜叉让松枝去,刘老大说啥不带。临走,把松枝、松叶叫来,嘱咐又嘱咐。母夜叉一气,找来秃头鬼,一嘀咕,何不趁此除掉这个眼中钉、肉中刺、骨里针!你瞧,这仇有多大!姐俩定好了计。

一个大清早,母夜叉把脸一拉耷,说:"松枝,去修修后墙!"接着,叫过松叶,说:"没让你去,你敢去!"拉着松叶的手说:"妈对你好不?"松叶转过圆圆的脸,听着后院的动静,说:"好。"母夜叉咧咧嘴:"真好啊?"松叶眨巴眨巴眼睛,说:"好,可对哥哥不好!"母夜叉一听,心火升八丈,鼻子"哼"一声,说:"听妈话不?"松叶搓搓手,舔舔厚嘴唇,没吱声。母夜叉可等不得了,说:"听也得听,不听也得

松枝松叶

听!我让你哥哥长,哥哥短!"低声说:"快吃两张饼。吃完,跟野小子打柴。约莫过晌时,他一定又饿又累,连柴带人给我推到山涧里!听见没有?"松叶一听,两眼紧瞅着母夜叉。刚说声"妈",母夜叉又拿出两张饼,说:"若是不做,回来打死你!反正留一个!这,给你带着,往回走时吃!"说着,一把又抱住松叶,说:"妈的好乖乖,回来妈给做肉馅饺,咱家里里外外,都是你的了。"说着,把油饼一卷:"来,藏到腰里。"松叶一看,真没办法了。临了想个招,说:"妈,再来两张吧。""没有了,就两张饼,回来再吃!"松叶说:"我现在不饿,把早饭带着。"母夜叉以为松叶着急了呢,便说:"带着吧,别给他,到时用劲推!"

松枝在后院,连水带泥地修着墙,累得满头大汗。听说要打柴,忽闪忽闪两只大眼睛,望望满院的柴火,看看母夜叉凶狠的嘴脸,瞅瞅弟弟无可奈何的样子,知道是有点什么事。也没敢说吃饭,握起月牙斧,背上背钎子①,说了声:"妈,我和弟弟去了!"母夜叉大喊道:"去吧!多打柴,别忘了!"

十五六岁的弟兄俩,一左一右往山上走。松枝说:"弟弟,往常咱们有说有笑,今个怎么啦?"松叶把头一转,说:"没怎么的,我,我有点不得劲。"松枝忙拉住松叶,说:"弟弟,看你脸色,你有病了,回去吧!"松叶抽抽鼻子,低声说:"妈让多打柴呢。"松枝挽挽袖子,说:"我一个人能干过来,走吧!"说着,就抢松叶的小斧子,松叶一闪,说:"好哥哥,把斧子和背钎子给我拿吧,你起来就干活,累够呛了!以后就,就……"松叶说着,就光喘气说不出话来。松枝赶紧抱住松叶，说："弟弟，你真病了，快，我背你回家。"松叶一晃身子，"哇哇"哭起来，搂住松枝，说："好哥哥呀，你还不知道呢。"松枝给松叶擦擦眼泪，说："我光约莫有点事，不知道。"松叶抽抽啼啼地怎么来怎么去一说，弟兄俩抱头痛哭起来。松枝说："弟弟，你把我推下去吧，若不，妈妈也会打死你的。"松叶摇摇脑袋，说："不，你推我吧。"松枝咬咬牙，说："你不推，我往下跳啦！"松叶抱住松枝大腿，"呜呜"哭道："别，别！你走吧，我就说你，哥哥呀，说你死了！"弟兄俩又一顿哭。松叶猛想起，从腰里掏出四张饼，说："哥哥，你带着吧，走路好吃！"松枝说："不用，这时候，咱长白山里，饿不着人。你吃吧，回去好有劲。"弟兄俩你推我让，唉，真叫人伤心！最后，二一添作五，弟兄俩含着泪水，唠起来，眼瞅日头偏西。怎么也得分手啊！松枝送松叶一段路，松叶送松枝一程道，两人难舍难分。到末了，痛哭一场，各自走去。

单说松枝操着大斧子，抬望眼，红日西坠，林海茫茫，浓雾四起，可往哪去呢？伸伸胳膊跺跺脚，闯吧！走啊走啊，天黑了，月亮升上来了。松枝看左右，全是抱不过来的大高树。晚上山牲口②要出林，得找个地方待啊。松枝瞧了半天，嘿，看见个小破庙，门窗都没有了。进去一看，菩萨像前一张桌，便钻到桌底睡下了。

刚打几个盹，就听"呼——呼——"的狂风刮得破庙直动弹。紧接着"噢呜——""呼——""嗷——""喔——"四声，闯进来山神爷、黑蹲仓、张三、长尾仙③。张三夹着瘦

尾巴,搐搐鼻子,叫道:"大哥二哥生人味!"山神爷把铁棍般的尾巴"唰"一扫,说:"大哥我吞了四个人,哪会没人气味!"黑蹲仓对对巴掌,瓮声瓮气地说:"二哥我舐了两个人,还没人气味?"说着打个哈欠:"呼,睡吧,睡吧!"张三伸长脖子,这瞅瞅那瞧瞧。长尾仙一下跳到桌上,歪头望望外头。月圆升得好高了,亮堂堂的,照得庙里通明。歪过头,说:"大哥二哥三哥,今天得到什么?讲出哥们儿听听,比比哪个最阔!"说着,晃得桌子"吱吱嘎嘎"响。吓得松枝一动不敢动,紧握斧子,鼻子嘴慢慢换气,眼睛盯盯看着,耳朵细细听着。

张三伸着舌头,连说:"对,对!咱都有宝,您——大哥先说吧。"山神爷把脑瓜子一抖,爪子蹭蹭牙,道:"大户家里有千金,可怜病魔缠在身。捉住狍子无脚兽,得了珠宝招了亲!"长尾仙摸摸脑袋,磨磨屁股,眼珠一骨碌:"猜不着,猜不着。"张三吧嗒吧嗒嘴,像懂了似的。其实,他啥也不知。松枝一听,心里一琢磨,可猜透了是怎么回事,牢牢记在心坎。张三问道:"大哥,在哪呀?"山神爷睁个眼闭个眼地说:"不远,太阳起,太阳落。"黑蹲仓揉着大肚皮,哼道:"叫兄弟,把话听:圆又鼓,亮又轻,想要什么喊三声。一条金龙左右盘,就怕立刀报鸣鹰!"山神爷躬躬腰:"不知道,不知道。"张三麻秆腿一伸,像懂了似的,低三下四地说:"二哥二哥在哪块?"黑蹲仓喘喘气说:"不靠天,不挨地,就在云彩绿伞里!"长尾仙一蹬腿,蹦到菩萨头上。泥土沙沙掉,洒松枝一脖子,他哪里敢动半分,干挺着吧。

长尾仙摇头晃腚甩尾巴地说:"该你了,三哥!"张三一跃,两条爪子搭到桌上,这下子,把松枝吓一跳。张三得意地说:"大哥二哥的太别扭,听我的!"咽口唾沫,龇牙咧嘴地说道:"七块黄,七块白,压住甜水不出来!"山神爷"呼哈哈"地笑了,说:"别扯了,老二都睡了。"果然,黑蹲仓都打起响鼻④来了。长尾仙吐吐舌头缩缩脖,说:"在哪?""村口乘凉下。这回该你了,快!"长尾仙忙说:"胖小子,红兜带,不吃奶,土里待,一条宝虫紧护守,得到千贯万两发了财!"张三忙问:"在哪?"长尾仙一指:"不远,在东边!"说完,各自倒头便"呼噜噜呼噜噜"睡过去了。

松枝一点点动动胳膊腿,嘿,手麻脚疼。悄悄钻出桌子,提着斧子,绕过黑蹲仓和张三,急忙穿出。到外头,辨辨方向,直奔正东而来。

松枝走不多远,就看见一株树,金光闪闪,宝气四射。细细一瞅,你猜怎么着?只见一个白胖白胖的娃娃,围红兜,扎两角,戴红花,正和一个金盔金甲的大汉玩游戏呢。松枝一看,喜上心来,咱长白山上的人,谁不晓得,胖娃娃是人参精,大汉是护宝虫啊!松枝一寻思,摸出块饼子,"嗖"抛向大汉。只听"噗"的一声,金光一闪,啥都没有了。过了半天,树边冒出股白气,大汉探出头,吐着两根血红血红的信子,嘿,闻到香味了,到饼跟前,一口吞下去。松枝又抛了一块,大汉又吞了。最后,松枝用力扔去,落到那边草棵里,大汉便跟踪找去。胖娃娃呢,慢慢站出来,歪着头,眯着眼,看呢。趁这工夫,松枝忙从破衣上扯下一条布丝,用斧子划破

松枝松叶

手,染成红线条。悄悄走到胖娃娃背后,猛丁用红线条缠住,喊声"棒槌!"抱起揣进怀里便跑。大汉听见动静,知道失职受骗,撒腿便追,信子的两个分叉上下直摇摆。松枝又扔了两块饼,把斧子一晃,闪闪发光,大汉吓跑了。

松枝转了半宿,天刚蒙蒙亮,到了山下一个村子。回头一瞅,山腰的庙还看得见呢!这村子,鸦雀无声,村头大歪脖松下,一个老头,胡发花白,坐着打盹呢。松枝上前鞠一躬,说:"老爷爷,一大早坐这儿为了啥?"老头眼不睁,头不抬,叹口气说:"人人成病鬼,家家没有水。坐坐等着死,问问白黄嘴。"松枝一听,端详端详左右,心里一打闪,说:"老爷爷,也许我能帮忙呢。"老头一听,抬起脑袋,面黄肌瘦,两眼深陷,摇摇头说:"这是靠山村,得了瘟病,又没水,都干等到阴家了!"松枝说:"怎不想法治病找水呀!"老头看着松枝,便说:"小伙子,有什么办法呀?"

松枝听完,说:"老爷爷,这树下就有水,来,我来打!"老头不信,说:"别费劲了,小伙子。"松枝手脚麻利地弄倒了树,树根盘着的七块金砖、七块银砖跟着一起开了,"呼——呼——"冒出水来,清汪汪的,呷一口,甜到心窝。老头乐坏了,一声喊,靠山村四十多家人都出来了。松枝又拿出人参精,剁吧剁吧,放入水里。大伙一喝,嘿,毒气全消,血气上升,个个精神,浑身有力。你说说,大伙怎么谢松枝呀!松枝啥也不要,金砖银砖全都给大伙了。他没地方去呀,便住在靠山村,跟老头在一块儿。一老一少,真像亲爷俩。松枝把前前后后都讲给老爷爷了。老爷爷说:"好小伙子,干吧，宝贝不能让坏蛋抓去！"

这一天早，松枝抱着一只大红公鸡，拜别了大伙，奔东而来。走啊走啊，只见一个大山褶子，立在云彩里，上面一棵大松树，绿绿的。松枝一看，就知道了。偷偷在树腰上插上三七二十一把尖刀，也就是满树是刀了。他把大红公鸡往高一扔，鸡"喔咯咯"叫起来。

再说这松树上有一条千年蛇，守着个宝铜锣。它一听鸡叫，馋得直淌涎水，见鸡飞起，用力吸呀，可离太远，吸不过来。它一腾身，"嗖"地下了树，一排排刀正好划破它的肚皮。千年蛇扬头翘尾巴，一仄歪，倒到大山褶子下头。松枝忙爬上树，取下宝铜锣，这铜锣果然圆又鼓，亮又轻，看它时眼睛都得眯眯着。松枝想一下，喊道："来匹马，马，马！"果然，面前一匹枣红骏马，松枝一跃而上，"哒哒哒哒"不一会儿就到了王家沟。他让宝铜锣收回马，走到王家沟，来找第四样宝贝。

原来王家沟王大户的姑娘得了病后，怎么治也治不好。松枝心里有数，他知道王大户家旁边有个泡子，泡子里，有条鲤鱼精，缠姑娘缠得正起劲呢。松枝令人往泡子里倒小灰⑤，灰一下来，把鲤鱼精呛得直咕噜；姑娘在炕上直咳嗽，不一会儿，鲤鱼翻白眼了；姑娘直打滚，鲤鱼一打挺，死了；姑娘一蹬腿，昏了过去。不一会儿，姑娘醒过来，就好了！松枝剜下鱼眼，是两颗宝珠子。

王大户一看，松枝有宝铜锣，又得了宝珠子，便起了歪道。红着眼睛，假装笑嘻嘻地说："好啊，你，你就是我姑爷

松枝松叶

了!"便命人把松枝安排好。可到了下晚,王大户趁松枝劳累一天,睡得正甜时,把松枝五花大绑,抢了宝物,把松枝打入后院磨坊。

刚到半夜,松树倚着大磨,正在想怎么办呢,就听有人喊他。他一听,这不是老爷爷吗?就听老爷爷说:"松枝,我带人来救你了。"打开房门,解开绳索,救出松枝。一行人,从后墙洞爬出,扬长而去。

他们正急忙走着,只见一个人影一闪,松枝喊声:"谁?"定神一看,两人抱头大哭起来。

各位,来的正是松叶。那天,他回到家,母夜叉正同秃头鬼大吃二喝呢。看他回来了,母夜叉便说:"干啦?"松叶装成狠狠的样子,说:"抵褶子下头摔死了!"母夜叉咧开嘴,说:"这回好啦,松叶呀,过几天咱就跟你舅舅走!"松叶一听,说:"那我爹呢?""管他呢,说不定喂虎豹了!"

俗话说得好:"人的嘴,马的腿。"还没等挪地方,母夜叉就听到松枝得了宝,在靠山村呢。她一把扯过松叶,左一顿打,右一顿打。秃头鬼摸摸贼亮的脑瓜瓢,说:"你也到庙里去!"松叶说啥不去。母夜叉一怒,便把松叶捆上锁到里屋。见财眼红啊,便同秃头鬼上破庙来了。

你想想,这路货还有好下场?他俩也钻到桌下,不一会山神爷、黑蹲仓、张三和长尾仙回来了。长尾仙甩甩尾巴说:"大哥二哥三哥,今儿个看到什么?讲出哥们儿听听,比比哪个最阔!"母夜叉一听,忙捅秃头鬼一下,说:"说了,好好记!"山神爷一蹦多高:"还说呢!"张三搔搔鼻子:"大哥二哥，有人味！"黑蹲仓连说："是生人味，搜搜！"结果，把母夜叉和秃头鬼捉出来。山神爷一爪把母夜叉打得摔个跟斗，说："好啊，又来听了！弟兄们，分了吧！"听说，他们吃几口就不吃了，原因是母夜叉和秃头鬼的肉臭血苦心黑！

　　再说松叶在屋里，咬断绳子，跑出来去找松枝，这不就碰上了。长话短说，松枝、松叶迎回来刘老大，一家人团圆了。哥俩都娶上了媳妇，日子过得红红火火。对了，松枝的媳妇就是王大户的女儿，王大户千认罪万认错成了大善人。宝铜锣和宝珠呢，早飞回来了，让松枝埋到了大山里头，成为千古之谜。

　　　注：①背钎子：根上尖下圆的木棍，背柴时将一捆捆柴火
　　　　　　插到棍上，系上绳子，背起后轻便省力。
　　　　②山牲口：即野兽。
　　　　③山神爷：即老虎；黑蹲仓：即熊；张三：即狼；长
　　　　　　尾仙：即狐狸。
　　　　④响鼻：即呼噜，鼾声。
　　　　⑤小灰：山区烧柴烧草后留下的灰。

天宝山

很早以前，在老头沟住着一位瞎老太婆，靠儿子东哲打柴度日。东哲这小伙生得肩宽腰圆，威武英俊，为人老实正直。有一天，他走出几十里去打柴。他来到山中，竟被眼前的景色迷住了：四周山环水绕满目青翠，高大笔直的松树上结满了松果，引逗得松鼠在松枝上蹦来跳去。葡萄蔓上缀满了串串葡萄。数不清的五颜六色的鸟雀，欢快自由地鸣叫着。蜜蜂们辛勤地飞舞在花间，一刻不停地采集着花蜜。远处悬挂在陡崖上的瀑布飞泻而下，芦苇的白花絮在空中飘舞，秋风送来了阵阵迷人的芳香……东哲真是看也看不够。不知不觉间，太阳西斜了。东哲忽然想起这儿离家很远，不敢久留，急忙打了一捆柴背了要往回走。这时，他忽然听到不远处的一条小河边传来了一阵哀婉的歌声。东哲好奇地走上前去隐在树丛里查看，发现一个梳着长辫的姑娘，正俯身洗着碗碟。东哲未敢打扰姑娘，准备赶路。突然一声惊叫，东哲猛回头，发现那姑娘一头栽进了河里。东哲扔下柴火，急忙奔过去搭救。原来那姑娘失手，一只盘子滑落河里，她急忙伸手去抓，不慎跌入水中。东哲跳进河中，把姑娘抱起扶到岸上，又帮她捞起盘子。姑娘十分感激，告诉东哲，她是山神的女儿，叫英子，因后母待她不好，罚她天天到河边洗刷碗碟。东哲也向姑娘诉说了自己的姓名身世。两个人越唠越亲密，眼见天色晚了，东哲只好恋恋不舍地告别姑娘。临走时，他再三嘱咐姑娘：空山清水少近人，干活时候多留神。日落天黑快回家，晚上虎狼要出林。英子红着脸，深情地望着东哲，回答道：多谢哥哥一片心，永世不忘救命恩。有朝一日再相会，天宝山里有近亲。

从此，东哲经常到天宝山附近打柴。一日，东哲背着柴火正往家走，忽然前面出现一个黄脸大汉，拦住了去路。只见他躬身说道："恭喜你呀，小伙子！"原来这黄脸大汉是奉山神之命，来向东哲口授进山的秘密。"我们小姐一直在老爷跟前念叨你的救命之恩，老爷要备礼接待，这回你要发财了。"接着就如此这般地告诉了东哲进山的秘密和准确日期。东哲正想问个详细，忽然刮来一阵风，那大汉眨眼间便无影无踪了。东哲回家后，把事情一五一十告诉了母亲。母亲说："外财咱不贪，人穷志别短。"东哲连连称是，不再提起这事。

光阴似箭，转眼又过了月余，眼看到了约定进山的日期。这一天，东哲思念英子，又情不自禁地走到了和英子初会的小河边。东哲正望着河水发怔，突然听到背后有人轻轻地唤他，回头一看，正是英子，不由得一阵惊喜。英子神情慌张，匆匆地说："家里看管严，再不准我出山了，明天爹爹要看你，你可要来呀。"接着边走边念道："天宝山里金银多，不知哥哥要什么？若是不嫌妹妹丑，就要桌上小铁锅。"说完，像一朵白云一样轻轻地飘走了。

第二天正午，东哲来到山南一块大青石旁，喊道："客来、客来，山门开！"话音刚落，一声巨响，山门开了。只见里面金光闪射，光彩耀眼。山神坐在宝座上，见东哲走进来，

说道:"感谢你救了我女儿的性命,如今宝物任你选,要多要少随你便。"东哲四下望了望,高声回道:"要金要银不值得,爱贪外财招灾祸。我要东西只一个,只怕山神不肯舍。"山神忙说:"岂有此理!我是一山之主,说话算数,快说,快说!"东哲不慌不忙地走到八仙桌跟前,指着桌子上的小铁锅说:"不要金来不要银,就要这桌上的小铁锅。"山神一听,可为难起来,若是不答应吧,大话已说出去了,答应吧,实在舍不得。他直盯着东哲,半晌说不出话来。这时,只见山神的老婆走过来,从桌上拿起小铁锅就递给了东哲,不耐烦地连连说:"拿去,拿去!"山神急忙阻拦道:"那是咱们的……"山神老婆说:"哎呀,我知道。"说着,把东哲推到门外。东哲回头一看,山门闭上了,小铁锅也不见了,面前却站着一位俊俏的姑娘。她不是别人,正是东哲朝思暮想的英子。两个人高高兴兴地回了家,当夜成了亲。

俗话说,人的嘴如马的腿,消息很快传到了财主郑霸天的耳朵里。听说天宝山有金银,郑霸天垂涎三尺。他连哄带骗,连逼带吓,从东哲口里套出了开山的秘密。第二天一早,就套上九九八十一辆大车,带上一百多号人马,直奔天宝山而来。

郑霸天来到山南青石旁,顾不上喘口气,就急急忙忙喊开了进山口诀。只听"轰隆"一声巨响,山门开了。郑霸天见里面尽是金银财宝,心里乐开了花,喝令随从赶紧装车。此时,山神正在瞌睡,忽听人马喧叫,出来一看,原来郑霸天正在抢金银财宝。山神不由得怒火冲天,咆哮如雷:"好啊,哪个胆大包天的坏蛋,竟敢偷我财宝,我要叫你们有来无回!"

山神一挥巨手，山门立刻合拢起来，一个眼尖的狗腿子见势不妙，急忙喊："不好，快跑，要封山了！"郑霸天只顾财宝，哪管性命，瞪着圆眼，气呼呼地骂道："混蛋！才装半车，快给我装、装！"话音未落，山门"轰"的一声关死了，郑霸天和他的狗腿子一个也没跑出来，统统葬身于山里。因为受污血臭气的熏染，黄灿灿的金子失去了光泽，变成了铜；白花花的银子蒙上灰雾，变成了铅和锌。打这以后，不知过了多少年，直到一八八九年，清政府派人到天宝山开矿，天宝山铜、铅、锌矿便正式出现在历史的记载中了。

老把头神屋

长白山的哈尔巴岭有座山岗,高峻奇险,古树挺拔,花草繁茂,郁郁葱葱。在山腰有个石洞,高两米,宽三米,深四米多。洞里地面平坦,四壁光滑,北墙下有张石桌,中间立着"老把头之神位"石牌。这就是远近知名的老把头神屋。

老把头姓孙名良,山东莱阳人。因家境贫寒,父母早亡,他十几岁便流落到古洞河一带,靠挖人参谋生,成为长白山放山第一人。他勤快厚道,不怕艰苦,热情善良。有一次,他差点饿死,却风趣地作诗刻在树上:"家住莱阳本姓孙,翻江过海来挖参。三天吃个蝲蝲蛄,你说伤心不伤心?亲戚朋友来找我,沿着古洞河往上寻。"

投奔孙良来放山的人逐年增多,孙良总是热心安排指点,带着大伙找参挖参,讲解放山的常识和注意的事情。

年复一年,日积月累,孙良总结出放山的山规、方法,并传开流行。放山人非常崇敬孙良,尊称他为老把头。

放山人在每年来和走时,总是跪拜祷告,祝老把头长寿,求他保佑发财平安。渐渐地,约定俗成,成为长白山放山必不可少的习俗。

老把头呢,制止不了只好躲开,尽量为大伙多干点事,让大伙多挖点参。可他毕竟越来越老了,放山人每伙都有把头,也都挺有经验,所以除了礼节性拜访,没有大事都不去惊动他。这样，老把头就住在这个石洞里，修行养神，乐善好施。闲着没事，他就把存放的人参摆开，摸摸这棵，抱抱那棵，爱不释手。时间长了，老把头感到有的人参身子热乎乎的，小脑袋上的眼睛好像要动似的。有一天，老把头又抚摸了一遍人参，开玩笑说："放你们回长白山吧，有灵性就来看看我。"然后，真的把人参一棵一棵栽到林子里，这便是长白山林下参的开始。不过，后来的林下参都是移栽的小苗苗或播下参籽长成的。

石洞空荡荡了许多，老把头感到孤独寂寞了。猛地，一群红衣红裤、头戴红花的胖娃娃跑进来，一齐跪下来，向老把头问好。老把头惊呆了，忙问："小娃娃，你们从哪里来啊？"一个大一点的说："感谢老把头恩德，我们都是你放生的千年参啊，成了精灵，给起个名吧。"老把头醒悟过来，亲切地说："叫人参娃娃吧……"娃娃欢叫着："好啊，好啊，我们是人参娃娃啦！"站起来围着老把头又说又跳，好不快活。这是长白山首次出现人参娃娃，和老把头有着不解之缘。从此，这里神秘起来。没有外人来时，笑声不断，热热闹闹；外人来了，立刻静下来，只有老把头出来迎客，里面啥也没有。所以，人们就把这个石洞叫作老把头神屋。

有一天，七八个人抬着个年轻人来到老把头神屋。打头的边说边哭："俺们都是拜把子弟兄，不知咋的，他昏迷不醒。求求老把头，救救他吧。俺们没挖着棒槌不要紧，可不能搭上弟兄啊！"老把头把年轻人放在地铺上，摸摸脉，凭着见识和经验，认为是中了瘴气。可谁知，那年轻人翻个身，又翻个

身,"唉"了一声爬起来看了看,跑到外头尿了泡尿,回来问:"哥哥,这是哪儿呀?"打头的惊喜地道:"你好啦?快,咱们快给老把头磕头。"老把头也挺纳闷,病得挺厉害,怎么一下子就好了呢?他哪里知道,这神屋冬暖夏凉避瘴气,还充满千年老人参的功力,啥病啥灾进来就除掉了。

老把头送给大伙一些吃的,又到林子里给大伙挖了十几棵六品叶。大伙儿千恩万谢,逢人便讲。这可好,有病的、有难的,都来求老把头,老把头呢,总是全力相助。

常言说:"积德行善,当心受骗,更怕暗算。"这年深秋,来了个四十多岁的瘦子,见了老把头就说,他找不着同伙了,快饿死了。老把头让瘦子吃饱,说:"做人心莫弯,正道路才宽。"打发瘦子走了。瘦子转个圈,又折回树林,只见哪棵树下都有人参,连成了片,馋得他直流口水。突然看见老把头走过来,瘦子一哈腰跑下山去。

瘦子回到临时住的窝棚里,拿出桦树皮包着的几棵大人参,那是同伙一起辛辛苦苦挖的,被他偷了出来。听说,到老把头神屋都不白去,他便直奔这儿来,寻思再弄点值钱的,然后远走高飞,可却一无所得,他越想越气。第二天一早,瘦子带着挖参的家伙,偷偷钻进树林,忙往一棵千年老人参头上拴红线,却闪出一群红艳艳的胖娃娃,高声道:"偷又贪,黑心肝。"又听老把头在远处喊道:"勤劳创业,不轨招祸啊。"瘦子无奈,只好悻悻然离去。一不小心,跌了个鼻青脸肿,瘦子气得直咬牙,狠狠地说:"让你教训我、骂我,等着瞧!"他忍着疼痛,悄悄来到老把头神屋旁边,点起一把火,你想,秋高气爽，物燥草干，大火立时着起来。瘦子慌忙躲到陡峭石崖下，冷笑道："大火一过，老把头完了，我就去挖棒槌精。"

再说，那火刚要蔓延，就被老把头和人参娃娃发现了，可都束手无策。老把头连连让人参娃娃使劲往地里钻，人参娃娃哭着劝老把头快走。正这时，几声虎啸，奔来一群老虎，又跳又扑又滚的，不一会儿，火灭了。老虎呢，有的尾巴没了毛，有的身上秃了块皮，一只大老虎飞身将瘦子叼来扔到老把头石屋前。老把头又惊又喜，人参娃娃拍起手来。大老虎却领头跪下来，低声鸣啸，像说什么。老把头看着大老虎额上的伤疤，想起来了，他救过这只受伤的老虎，看来老虎是救火报恩啊。

长话短说，老虎告辞后，老把头想教训教训瘦子，过去一看，瘦子撅着屁股已吓死了。老把头叹息道："动物有情植物有情，人更应有情啊。"他想把瘦子葬了，可瘦子已变成了石墩。老把头想了想，便在石墩上刻了"莫偷莫贪莫坏"六个字，这就是"三莫石墩"，耐人思索。

经过这次变故，老把头觉得不能独自修身养性了，得出去看看，这一去很少回老把头神屋。人们说，老把头成仙了，暗中保护放山人呢。所以，放山人经常到老把头神屋，摆上果品，上香敬酒，祈求老把头保佑平安发财发福。后来，人们在老把头神屋放石桌、神位，在山上修了栈道，到老把头神屋参拜的人越来越多。民谣道："心诚则灵，不虚此行，求福得福，康乐太平。"所以，老把头神屋又叫赐福洞。到这来转转，幸运的能挖几棵老山参，发笔财，就看你的福气啦。

恨狐

在长白山,有一种猛禽:猫形的脑袋上,一双大眼睛炯炯有神;弯爪锋快,勾嘴锐利。它有鹰那么大,全身上下一片褐色。它白天不露面,一到晚上便飞出来,专追扑狐狸和兔子,而且还张大嘴,悲沉凄厉地呼号着:"恨——狐""恨——兔""恨——狐""恨——兔",因为这,长白山区的人们才它管叫"恨狐"(也有叫"恨狐兔"的)。

恨狐是咋来的呢?老辈人讲,很早很早以前,在长白山上住着一位老爷爷。他头发脱得精光,胡须雪白,连眉毛也像霜打了一样。老爷爷孤苦伶仃地在一座小木房子里过日子,四面全是古树参天的林海。

老爷爷正在磨刀,身旁站着一只老鹞鹰,身后蹲着一只大黑猫。有一天,忽然来个小孩,冲着木房子喊道:"有人吗?有人吗?"老爷爷闻声抬头一看,只见窗外孩子大眼睛、尖下巴颏,又黑又瘦,穿得破破烂烂,光头赤脚。心想:"不是狐,不是兔,不是狼穿人衣裤。"便推开门,慈祥温和地说:"好孩子,快进屋,怎么踏上这条路?"

孩子给老爷爷施过礼,说道:"老爷爷,好爷爷,到您屋里歇一歇,给点什么填填肚,好去再找俺爹爹。"

老爷爷忙把孩子领进屋,一边忙做吃的,一边和孩子唠起来。

原来，孩子叫刘小，跟他爹从山东逃荒来到长白山，实指望能刨点参挖点药。可谁知，爷俩一进山，就"麻达"了山（迷了路）。爷俩在老林子里转了两天，带的干粮也没了。咋办？刘小爹让刘小在棵大树下等着，自己去找点啥吃的，刚走出十几步，一条独眼狼窜过来，拖着刘小爹便跑。刘小才十岁呀，又急又怕，哭着喊着撵过去，哪有爹的影了？若不是碰上木房子，他也完了。刘小说着说着，"呜呜"大哭起来。

老爷爷安慰刘小一番，说："那条独眼狼可凶啦，八成你爹是没了。在这吃饱歇着，我去找找看。"

刘小连连揉着红肿的眼睛说："谢谢好爷爷。"

老爷爷带着强弓利箭，挎上腰刀，放起老鹞鹰，说："刘小，我去找找，你和大黑猫看家。记住，要是大黑猫'嗷嗷'叫，外头有啥动静，也别出去。"

老爷爷住的木房后面，有一片老松树，下边都是七弯八拐的洞。这些洞连在一块，住着一只老狐狸、一只老兔子。这只狐狸，浑身像被狗咬了似的，一块黑、一块白，一疙瘩有毛一疙瘩秃。它又奸又滑，又坏又狠。那只兔子呢，耳朵毛都掉没了；虽说胆小怕事，可最会投机取巧。

说起来，这片洞本来都是兔子盗的，狐狸钻进来就住。兔子没招，便想方设法溜须巴结狐狸，就这样，狐兔交上了朋友。俗话说："兔跑狐随，狐死兔悲"。一点不假。这只老狐狸带着一大家，老兔子带一帮兔崽子，就住到了这一片洞里。狐狸想着老爷爷的禽翅兽肉，兔子馋着老爷爷的瓜果饭菜。它们出着招，变着法来骗老爷爷。比方，趁黑灯瞎火的深夜，兔

恨狐

子躲在大树后面"呜呜"学人哭,狐狸趴在木房门边,等老爷爷出去看看,狐狸便进屋抢点什么就跑。常言道:"一回生,二回熟,三回四回把心留。"老爷爷心里明白了,喂起一只大黑猫,养起一只老鹞鹰。狐兔耍啥鬼把戏,也骗不了老爷爷了。没出两年,小狐狸、兔崽子全让老爷爷收拾了,只剩下老狐狸和老兔子。它俩气急败坏,勾来一条老孤狼。老孤狼装扮成人样,来打听路,被老爷爷识破,一箭射瞎了左眼,成了独眼狼,夹着尾巴跑了。打那以后,老爷爷凡事更慎重了。

"狐狸鼻子尖,兔子耳朵长。"两个老东西听说刚来的刘小看家,乐得直撒欢。等老爷爷一走,老兔子蹦蹦跳跳跑过来,在木房前打起圈圈。刘小见了,忙要开门去抓。大黑猫昂头翘尾地拦住他,"嗷嗷"叫起来。刘小抱起猫说:"大黑猫,快别叫,你看白兔胖又好,抓住做碗肉,管你吃个饱。"大黑猫连连摇头。刘小急得直搓手,眼看着老兔子在门前来回窜跶。老兔子累得"呼哧""呼哧"直喘气,也不见刘小出来;老狐狸在房头蹲得腰疼腿酸,也不见门开。两个老东西点点头,回到洞。不一会儿,一前一后奔出,在木房前撕咬起来。刘小正感到兔子跑了多可惜,一看见狐兔相斗,高兴地操起大棒子便开门。大黑猫"嗷"一声,用爪子扯住他裤腿。刘小急了,忙说:"大黑猫,快让道,门外狐兔把架咬,出去逮一对,给爷爷补皮袄。"大黑猫两眼盯着刘小,"嗷嗷"叫着,好像说:"不好,不好。"两个老东西累得汗湿皮毛,浑身泥土,也不见门开,只好垂头丧气地回洞去。

天刚黑,老爷爷回来了,叹着气说:"找着你爹的几块骨头,我埋了。刘小啊,就跟爷爷住这儿吧。"刘小一头扑向老爷爷怀里,哭着直点头。老爷爷摸着他的头说:"好啦,没看见什么吗?"刘小从头到尾一学,老爷爷点头道:"在山里要防狼虫虎豹,也要小心狐兔啊。这大黑猫,不管耗子嗑东西不嗑东西,在哭在笑,抓住就不客气。刘小啊,可要擦亮眼睛,分清好歹。"老爷爷接着讲了狐、兔、独眼狼的事。从此,刘小便和老爷爷相依度日。

转眼过了三年,老爷爷病倒了。临死时,老爷爷再三嘱咐说:"刘小啊,记住爷爷的话,凡事要看准好坏,不能粗心。想法把那只狐狸和兔子弄死,也要防着那条狼。鹰和猫,好好养着,能帮你忙。"说完就死了。

刘小已十三岁了,长得挺结实,会过能干。可千不该,万不该,老爷爷的话他没往心里装。

老爷爷死了,老狐狸、老兔子可乐坏了,整天在木房前挑逗、戏耍。头一天,刘小还能忍着,不眨眼地往外看。第二天,开开门,用箭射,放鹰追。过了三天,他抬腿便追。他一去,鹰猫立刻守着门,狐兔白忙活,也没得到啥便宜。

这样,过了七七四十九天。刘小觉得,大林子里太孤单寂寞了,若有个伙伴多好。可这块儿,经常在外的,只有老狐狸、老兔子。他想啊想啊,自语道:"狐狸兔子也不伤人,跟他们在一块,准有意思。"

刘小这么说,两个老东西就听到了。老兔子跑来,站起身子,前爪摸着三瓣嘴,晃着耳朵说:"浑身胖又白,能跳跑得快,给你送消息,还能采点菜。"刘小一听,高兴地说:"哎呀,

恨狐

老白兔,你还会说话,快进来。"气得大黑猫直磨爪子,急得老鹞鹰连扇翅膀。老白兔忙说:"黑猫老鹰不饶我,进你门里不能活。"刘小寻思寻思说:"黑猫黑猫莫逞硬,老鹰也别瞪眼睛,咱家来个小伙伴,过起日子多高兴。"可大黑猫一跃身子扑过去,老鹞鹰飞旋着追上前,老白兔哧溜钻进了洞里。气得刘小把大黑猫拴在了炕梢,把老鹞鹰关进木笼,然后大声喊道:"老白兔,快来屋。鹰进笼,猫拴住!"老白兔果真来了,后边还跟着老狐狸。老狐狸龇牙咧嘴,摇头摆尾地说:"四腿拖条金尾巴,能掐能算会说话,有啥病灾我能治,还能帮你看看家。"刘小一听,高兴得直拍手,连声说:"快进家,快进家,咱们交个朋友吧。小木房里过日子,刘小在这儿不用怕。"

　　就这样,狐兔大摇大摆出入木房,气得大黑猫和老鹞鹰不住地叫,嗓子都哑了。两个奸懒馋滑的老东西,挑好的吃,拣好的拿,往洞里偷。两个老东西一看着大黑猫和老鹞鹰又蹦又跳又叫,心里就打哆嗦。老狐狸说:"刘大哥,刘大哥,猫鹰没用白养活,去毛扒皮好肥肉,吃了保你福寿多。"老白兔也说:"刘大哥,刘大哥,猫鹰没用白养活,杀了做菜香又香,再弄二两喝一喝。"刘小听了,摇摇头。

　　两个老东西见刘小不同意,便偷偷合计起来。这个说:"刘小要看透咱们咋办?"那个说:"趁咱不注意,两刀不就完啦!"老狐狸和老兔子越说越怕,干脆,请来独眼狼,吃掉刘小、猫鹰,就能放心地霸占木房了。独眼狼早就想报一箭之仇,听说只刘小一个小孩,便趁着天黑奔向木房。狐兔忙把门打开,独眼狼一蹿直奔炕上而来。大黑猫和老鹞鹰一看,拼命地叫起来。

刘小躺在炕头，睡得正香。猛听叫声，睁眼一瞧，一只独眼狼已扑上来。刘小忙翻身爬起，拿过老爷爷留下的腰刀，狠狠向独眼狼砍去。冷不丁，老狐狸一纵身，用头一撞刘小，刘小一晃身子，刀落空了。独眼狼趁势扑上，咬住刘小胸脯。刘小啥都明白了，他忍着痛，咬着牙，飞起右脚，把老狐狸踢了个跟头；反过刀刃，用劲一抢，狼头落地。老兔子站在门口，撒腿便跑，老狐狸翻身站起就逃。刘小用力砍断绳子，劈开木笼，大黑猫和老鹞鹰猛追出去。刘小强打精神，刚到门口便昏了过去。

刘小苏醒过来时，只剩一口气了。他想起过去，想起老爷爷，心如刀绞，两眼充满泪水。他想起大黑猫和老鹞鹰，便睁大眼睛喊道："我学你们，恨狐恨兔，恨狐恨兔！"

刘小喊着喊着便死了。他刚死，小木房也塌了，把他紧紧盖在下边。过了九九八十一天，在一个雷雨交加的深夜里，从里边飞出一只猛禽，长着猫头，带着鹰性，专吃狐兔。这就是刘小变的恨狐啊。他生怕有人再像他一样，记不住好话，分不清好歹；或者只认得像狼一样的敌人，却忘了像狐兔之类的坏蛋。因此，恨狐在长白山区慢慢地飞，放开嗓子高叫："恨——狐""恨——兔""恨——狐""恨——兔"，提醒人们：夜深人静，狼虫狐兔又出来了，可要多加小心啊！

老虎送参

从前,长白山上可真是:獐狍野鹿成群,狼虫黑熊聚堆。老虎呢大多是独占一座山,赶着野猪转。山里人都知道一群野猪后面保准有老虎跟着,新生的野猪不断进入猪群,老弱病残的野猪掉队啦,成了老虎的美餐。老虎有吃有喝,生儿育女,到时候长大的虎又独自赶新的兽群,大概这就是生物链,生态平衡吧。所以,长白山一直没有老虎伤人伤牲畜的事儿。

可有一年刚开春,二道沟的张老大把母牛和牛犊子赶到向阳坡,让牲口啃啃青。他蹲到一棵树下抽着烟,晒着太阳。突然一只秃尾巴虎扑过来,张老大吓得本能地窜进树林。那虎长啸一声,直奔母牛,母牛应声倒下,那虎咬住牛犊脖子,拖着翻过山岗。

再说张老大慌不择路,一个跟头摔倒了,左胳膊让树根一挡,折了,疼得他直出汗,强忍着,听听外头没动静,便仗着胆走出来,一看母牛已死了,小牛不知去向,他又怕又痛又恨又急:牛没了,咋种地?胳膊折了,咋干活?

张老大回到村,让几个兄弟把死牛拖回来,收拾收拾煮煮吃了。大伙边安慰张老大,边合计怎么治治这老虎。张老大狠狠地说下铁夹子、挖陷阱、请炮手,非把那秃尾巴老虎整死不可,见虎就打吧!张老大胳膊肿得比腿粗,大伙劝他少发火,赶紧调治,别落下毛病。

那天晚上，张老大左胳膊托着夹板，只能坐着，靠着墙歇息。刚迷迷糊糊入睡，进来一个老者，虎头虎脑，穿着虎纹长袍，一躬身恭恭敬敬地对他说："小孙被人断尾巴，错把你来当凶手。向你赔礼又道歉，切莫报复结冤仇。"张老大边听边看，心想秃尾巴是老头孙子，老头准是山神爷（老虎又称"山神爷"，以示尊崇）来显灵了，便说："人伤了虎，虎才伤牛。我不气啦，算了吧。"话音没落，只见老者拿出一个桦树皮捆着的包，双手递过来说："赔礼表表心，送上虎头参。治病又延寿，发家有本金。"不容张老大推辞，老者把包放到张老大右手上，躬身后退，化成老虎腾跳而去。

张老大一惊醒，原来是一个梦，可右手却有一个包。打开一看，两棵千年长白山虎头参，一公一母，活灵活现。

第二天早上，老虎送参传遍二道沟。张老大家坐满他的弟兄和邻里。大伙七嘴八舌地唠起来，明白不少道理：人有情，虎有义，人不惹乎（方言：招惹）算计野兽，野兽轻易不会伤人。人不抢夺老虎的美餐，老虎要是不饿得急眼，轻易不会伤人、伤牲畜的。从此，人躲着虎，保护虎；虎也躲着人远离村舍。

张老大呢没动虎头参一根须子，他利用偏方草药，很快就治好了骨折。身强力壮的张老大，靠勤奋，靠苦干，几年就创业发了家。那对虎头参呢，他早就悄悄地移植到大林子里，成为林下参。据说，长白山上的虎头参，都是那对老虎头参下的崽呢。

救虎得福

　　在长白山里，住着娘俩，儿子长生靠打猎奉养着多病的老娘。长生为人厚道、善良、勤快，每天都早出晚归。可他一是有些害怕大山牲口，二是有些不忍下手，只能打兔子、狍子什么的。所以，日子过得挺紧巴，快三十岁了还没娶上媳妇。老娘愁得直哭，想寻死上吊，省着给儿子添累赘。每次，长生都跪着安慰老娘，直到老娘露出苦笑。

　　这一天，长生一大早便带上腰刀、弓箭、水壶、干粮直奔山梁。可刚拐上条毛毛道，坏了，只见一只斑斓大母虎蹲着，挡住了小道。长生吓出一身冷汗，突如其来，一点防备也没有啊。冷不丁，长生想起猎人流传的老话："虎豹挡道，莫跑莫叫。先礼后兵，小心为妙。"忙按着山里规矩把帽子扔在地上，两眼盯着母虎，一手握住腰刀。母虎冲长生点点头，一躬身叼起帽子便走。

　　长生明白，这是母虎有求于他，就跟着母虎走。在老树林子里左钻右拐，母虎来到一棵大树下停住了，把帽子放下，看着长生，又抬头看看树，啸了一声，树上竟有轻微的虎叫声。母虎听了看样子挺高兴，冲着长生举起前脚，长生看树杈上夹个虎崽子，有小狗那么大。长生爬上树，想把虎崽子拽出来，可虎崽子疼得直叫，急得母虎龇牙咧嘴，好不吓人。长生怕母虎误会，便说："拽不出，我用刀砍树叉子吧。"说着抽出腰刀,看准位置,长生一手抱着树干,一手抡刀砍树叉,锋利的腰刀,一下一个大口子,几十下就砍成一个大豁子,终于那大树杈断了,虎崽子跟着掉下来,让母虎接个正着。长生跳下树,看着母虎搂着虎崽子又亲又舔,心里也一阵热,真是"虎毒不伤子"啊。现在长生一点怕意也没有了,看着肚子瘪的虎崽子,长生知道这是饿的,忙把水壶、干粮拿出来。他边说边比画,要给虎崽子喂水。母虎全懂了,拍拍虎崽子,虎崽子乖乖地张开嘴,长生慢慢把水滴进虎崽子嘴里。不一会儿,虎崽子有了点精神,长生把干粮掰开,虎崽子扑过来就吃。母虎看着虎崽子水足饭饱,平安无事,便叼起帽子长啸一声,示意长生、虎崽子跟着走。

顺着原路又来到毛毛道,母虎把帽子放下,突然眼含泪水跪下来,边磕头边低声长啸,像是说"谢谢",虎崽子也跟着做。

长生知道,这是向他感谢呢,也禁不住热泪盈眶,忙说:"你们快走吧,我也该回家了。"

老娘看着儿子两手空空,脸上却挺高兴,不知咋回事。长生一五一十地说了一遍,老娘叹口气,说:"儿啊,那凶猛的山牲口也有情有义啊,往后别打猎了。"长生点点头说,"娘,我就种点地,学着挖参采药,长白山里啥都有,怎么也饿不着。"

第二天,天还没亮,长生就听着外面老有动静,可没敢出去。等天大亮,他出门一看,惊呆了。这边是一副干透的虎骨架子,那边是一头死野猪,还温乎呢。这时,远处传来虎啸,

长生明白,这是母虎送的,自语道:"谢谢啦,以后咱们好好处吧。"打那以后,长生院里经常有山里各种吃的……

  长生把虎骨卖了,得了不少钱,再加上他勤快能干,又整地又盖房又拴马车;老娘的病也治好了,媳妇也娶来了,生儿育女,过起幸福生活。十里八村提起长生,没有不夸的。在长生的劝导下,打猎的越来越少了,大伙和山牲口平安相处,这一带成了"家业兴旺人得福,草木茂盛虎看山"的宝地。民谣道:"莫道虎凶猛,莫说虎威武。助虎虎有情,人必得来福。"

二龙湾

传说,一条老龙驮着一对小金龙,游逛了海兰泡、伯力、双城子,到海参崴洗了个澡,又想上长白山天池。可刚到珲春境边,老龙又累又饿,一口气没上来,憋死了,死后,化成了一条山岭——龙背岭。

这对小金龙,趴在龙背上,连扒带哭,闹了九九八十一天。结果,在龙背上扒了个大坑,泪水流进去,积成了一个大水湾子,这就是"二龙湾"。两条小金龙乏了,四处一瞧,嘿,这地方跟天池差不多,真美。

二龙湾,水满欲溢,一波不起,清澈碧绿;岸边,玉石簇拥,花草铺地,真是美啊。两条小金龙便住下来。它们的邻居,有一对鸳鸯、一对金牛、一对金马和一对蛤蟆,大伙欢欢乐乐地住在一起。有一次牛跟蛤蟆吵起来,暴躁的牛用角顶蛤蟆,蛤蟆一跃上岸。谁知金牛用劲过猛,竟把岸石撞个大豁口。湾水推波而下。蛤蟆一看,不敢在湾里住了,便顺流而去,从此这条水便叫蛤蟆河了。这河水也跟湾水一样,一年四季总是温乎乎的。

这一天,龙背岭的上空,突然黑云压顶,狂风四起,龙背岭下,来了一队老毛子兵(指沙俄侵略军),打头的是"黄毛独眼熊"队长。这家伙,傻大横粗,斗形脑袋,一脸横肉,勾勾巴巴的黄毛,一只三角蓝眼睛直翻翻。另一只眼睛,是攻

占海参崴时,让一个中国渔夫一鱼叉给扎瞎的。

这家伙奉老沙皇圣旨,率兵穿过国界,要踏平珲春,血洗烟集岗(延吉市一带),直取长白山。

说也怪,他们在岭下转了八九天,也没找着一条上岭的小道。到末了,顺着蛤蟆河往上摸。蛤蟆呢,全蹲在河底。老毛子兵一踩一滑,"黄毛独眼熊""扑通"摔倒了。满河里,只听这块"咕咯"一声,那块"哎哟"一声,气得老毛子兵"哇啦啦"乱叫,有几个急眼了,朝河底"砰砰"开了枪。"黄毛独眼熊"边抹毛脸上的水边喊:"不准开枪!中国人听到,我们不利!"

费了九牛二虎的力气,好歹算上了岭,老毛子兵一个个"呼哧呼哧"直喘。"黄毛独眼熊"可乐坏了。这家伙独眼就是毒,一望二龙湾,便瞧见了金龙、金牛、金马。抬头一看,还有鸳鸯呢。

"黄毛独眼熊"接过卫兵送来的一张弓,"嗖嗖"射了两箭。那鸳鸯,轻轻抖抖身子,掉下两根羽毛,一转眼不见了。

"黄毛独眼熊""啧啧"嘴,眼盯盯望着二龙湾水,心想:当今沙皇陛下,真是圣君明识,胸藏天下,知道中国地大物博,处处皆宝。吃掉中国,沙皇帝国就会更加富强。他眨眨三角眼,心中暗道,这荒山野岭,尽是财宝,要到了长白山……他"嘿嘿"笑起来,猛地,"黄毛独眼熊"把弓箭一扔,喊道:"在这驻防待命!"他安排妥当,连夜赶回海参崴,配了一副黑药、一副黄药、一副紫药,还弄了一条水船,又急急忙忙回到二龙湾。

再说，在珲春境内，离龙背岭不远有个小村子，住着汉族、满族，他们有的世居于此，有的从关里迁入，有的从双城子、海参崴逃来。多少年来，他们彼此和睦，春种夏锄，秋收冬猎，长年还得抗击老毛子兵的入侵。因此，家家有猎枪，人人有大刀、长矛。老毛子兵一来骚扰，大伙便集聚一起，共同打击沙俄侵略者。

村子里有位大老张，大高个，宽肩膀，古铜色的脸上刻满了皱纹，头发有些斑白，两眼炯炯有神。听说，大老张十六七岁就参加了抗俄斗争。海兰泡一仗，他就砍死了七个老毛子兵；在伯力，他一刀砍断马腿，又一刀斩了马上的老毛子官；在双城子，他赤手空拳劫了老毛子一个贵族的马车；在海参崴，他放火烧了老毛子一条拉军火的船……嘿，大老张的故事可多呢。

可大老张从不讲自己的事，大伙逼急了，他就讲沙皇怎么样欺侮中国，怎么样霸占中国领土，中国人民怎么样进行抗俄斗争。大伙再问大老张怎么到龙背岭下落脚，他就指指永哲大叔，说："问他吧。"

永哲大叔五十多岁，一手好枪法。十多年前，他正在龙背岭上打猎，突然远处枪声四起，一帮老毛子兵正撵一个大汉子。他一瞅，明白了，准是中国人抗击老毛子被发现了，老毛子兵正在追捕呢。他忙告辞乡亲，自己一马当先，打散老毛子兵，救了那个大汉子，大汉子就是大老张。从此，两人就像亲兄弟。永哲大叔的老伴、两个儿子、一个姑娘都让老毛子给祸害死了，大老张也只身一人，两人便住在一块。

二龙湾

话说回来，他俩的家就在村头，推门便望见龙背岭。这天，两人望着龙背岭正合计事，乡亲们仨一帮、俩一伙地赶了过来。这个说，昨天听蛤蟆河那块儿有枪声；那个说，龙背岭上像有动静。永哲大叔点点头说："老毛子兵又来了。"正说着一对鸳鸯飞过来。大老张忙说："鸳鸯飞，翅膀扇，老毛子开进二龙湾；要盗宝，要烧杀，梦想攻占长白山。"大伙一听急了，拿猎枪的，抽大刀的，连声喊："永哲大叔，大老张，走！"一个小伙子叫道："还想盗二龙湾的宝？要占长白山？真是黑瞎子叫门——熊到家了，打吧！"大老张把手一摆，说："别急，咱们要向东兴师。你永哲叔有经验，俺俩合计过了，现在一块儿琢磨琢磨。反正，不能让沙皇老狗熊得逞，不能眼看老毛子一口一口吞掉咱中国的疆土。等有一天，咱们中国硬起来，熊就不敢来敲门了。"那个小伙子道："咱中国硬起来，老毛子可真就熊了，那他们要上门求饶……"大老张"哼"一声说："谁信？把他熊爪给掰掉！"那小伙子跳起来："对，把他熊牙给敲掉！"大家笑了起来。大老张说："就这么定了，我上二龙湾。村里人都由我永哲哥来安排。"说完，便笑着对永哲大叔说："来，给我剃个和尚头，现在我就叫哑巴和尚了。大伙别忘了，向东兴师揍狗熊。"

永哲大叔怎么给大老张剃头，大伙怎么含泪送大老张，都不多表。单说"哑巴和尚"装扮好，鸳鸯前边引路，直奔二龙湾。永哲大叔擦擦眼角，咬咬牙，指挥大伙端枪提刀进入山林。

这边，"黄毛独眼熊"怀揣三包药，心里正寻思：要是得了这几大宝，沙皇的王公贵爵也不在话下。可又一想，得找一个帮手啊。俄国人？不行，不行。他们帮帮忙就要分宝，还会泄露天机，沙皇陛下得知，我会满门抄斩的。杀掉帮忙的俄国人？那也不行，别人会猜测。对了，找个中国人来，最好是和尚，出家人不贪财。事情办完，给他一刀，上帝不会怪罪我。一个中国和尚死了，我们俄国兵不会怀疑，还会拍手叫好。那时，金龙、金牛、金马，都是我的，长白山归沙皇陛下。

这家伙越想越如意，刚要向上帝祈祷，进来个卫兵："报告，抓住一个光头中国人！""黄毛独眼熊"一听，忙道："搜搜身上！""一无所有。""没有凶器？""黄毛独眼熊"一摆手："带进来。"进来的是一个衣着破烂、满脸泥土的和尚。"黄毛独眼熊"一打量，哦，是和尚，心里乐了，真是天助我也！他走过去问道："你，什么人？"和尚眨眨困倦的眼睛，用手指指嘴，摸摸头，"哇哇"两声。"黄毛独眼熊"更乐了，是个哑巴和尚！可他眼珠一转，猛地抽出洋刀，来一个黑瞎子跳高，蹦到哑巴和尚眼前，狂叫道："我杀了你，你要不说实话！"哑巴和尚纹丝未动，面不改色连"哇啦"带比画。"黄毛独眼熊"哪有心思琢磨哑巴和尚的手势，便硬挤出假笑，说："嘿嘿，和尚，喝拉韶（好的意思）！"忙令人备酒席饭菜，喝退左右近卫。

"黄毛独眼熊"倒上一杯酒，哑巴和尚摆摆手，表示不会，"黄毛独眼熊"一饮而尽，"啧啧"嘴说："你知道沙皇陛下派我们来？"哑巴和尚点点头。"你不聋？""黄毛独眼熊"龇龇牙，往前挪挪椅子。哑巴和尚表示耳不聋，"黄毛独眼

熊"更高兴了，低声说："晚上咱俩到二龙湾。如果你真心实意干的话，你可以得到一切。""哑巴和尚"双手一合，点点头。"黄毛独眼熊"忙站起来，一字一板对和尚讲起来。

"我有三包宝药，黑药降龙，黄药制牛，紫药服马。抓这三宝时，必须水下一人，水上一人。人下水后，水便浑起来，金龙、金牛、金马围着人直转，鸳鸯直飞出水。这时，上边的人赶跑鸳鸯，把黑药撒下去，金龙沾一点就昏过去，水下人马上抱住它，喊：'龙！龙！'一对龙就小得像毛虫，便可装入兜里。水由浑变清又变浑时，水上人赶跑鸳鸯，撒第二包黄药，金牛沾一点点也昏过去，水下人马上抱住它，喊：'牛！牛！'两头牛就小得像指头，便可装入兜里。水由浑变清再变浑时，水上人赶跑鸳鸯，再撒第三包紫药，金马沾一点点就昏过去，水下人马上抱住它，喊：'马！马！'两匹马就小得像蚂蚱，便可装入兜里。待鸳鸯冲入水中，一见三宝都没了，就会活活气死。若是三包药一齐撒下可坏了，毒气熏天，树倒草枯，兽死鸟亡，人烟绝迹。""黄毛独眼熊"本不想讲后面的事，可他怕和尚一齐把药撒下去，自己不但得不到三宝，还会一命呜呼，因此，讲个详详细细。

天刚黑，"黄毛独眼熊"就下令，让老毛子兵狂欢痛饮睡足觉，单等明早踏平珲春。他自己和哑巴和尚乘船来到江心，心里又慌又美，暗道："上帝保佑，马上就得到无价之宝。等征讨完成，沙皇陛下定会提赏加爵，在长白山下我可是熊瞎子打立正——一手遮天了。"他摸摸怀里的短枪、匕首，把药交给哑巴和尚说："和尚，真心干，上帝会保佑我们。"便跳入水中。"黄毛独眼熊"贴水面一边搅水，一边盯着哑巴和尚，哑巴和尚把手一扬，装成要撒药的样子。"黄毛独眼熊"忙喊："慢，看着水泡再撒药。"说着换口气一头扎进水中。

不一会儿，水浑起来，咕噜咕噜冒出一大串水泡，一对鸳鸯"扑扑楞楞"飞出来，哑巴和尚一看，心想："我下不得水，三包药一沾水可坏了，我在这等你个坏东西。"他掉船操桨，两眼直瞅湾心。鸳鸯飞转一圈，向和尚扇扇翅膀，又钻入水中。

"黄毛独眼熊"站在金龙、金牛、金马中间，真是眼花缭乱，又急又喜，冷不丁看见鸳鸯直奔他来。他头一歪，啥都明白了，拼命蹬腿张胳膊往上蹿，金牛首先扬蹄追过来。"黄毛独眼熊"刚一露头，哑巴和尚早扬桨等候，一见他露了头，狠狠就是一桨，"黄毛独眼熊""啊"一声沉下去，可突然他一翻身又蹿出水面，掏出枪刚要开，说时迟，那时快，哑巴和尚一抢大桨，"砰砰"把枪打出老远。"黄毛独眼熊"疯了，他想，盗宝不成，出兵不利，沙皇要治罪。干脆，我把你哑巴和尚拉下水，什么中国的龙背岭、二龙湾、金龙城……连那小村子，还有珲春都让它完蛋。他"嗖"的一声抽出刀，直奔木船。哑巴和尚多想跳下水，可他一想三包药，便操着大桨追打"黄毛独眼熊"。忽然，船"咕咚"一声翻了，原来两条金牛追得过猛，把船顶翻了。哑巴和尚身子刚落水，他想着这宝山富水，想着各族的乡亲，便一口把三包药吞掉，直向"黄毛独眼熊"扑去。"黄毛独眼熊"一看船翻人落，"哈哈"大笑，可一想马上自己也要被毒死，不禁打了个冷战。他一细

瞅,山水依旧,只见哑巴和尚慢慢悠悠赤手空拳猛扑过来。哑巴和尚吞了药,立时觉得浑身发热,神志恍惚,可他想的是掐死"黄毛独眼熊"。"黄毛独眼熊"看哑巴和尚四肢不灵便,便舞刀虚晃一下,回头就跑,他想:"反正哑巴和尚完了,三十六计,走为上策,明早发兵再说,宝贝早晚是我的。"哑巴和尚一看他要跑,心里一急,"嗖"地追了上去。"黄毛独眼熊"刚起刀,哑巴和尚两只大手狠狠地紧紧地卡住他的脖子。金龙、金牛、金马、鸳鸯赶过来,帮助哑巴和尚将"黄毛独眼熊"慢慢沉入水中。

湾水静下来,清幽幽的月光泻下,二龙湾显得分外光亮。

再说那队老毛子兵,喝得七仰八歪,都正在黑瞎子蹲仓——睡大觉呢。突然,永哲大叔带着大伙摸进来,大刀片削西瓜,挨排儿砍,可冷丁一个老毛子兵"嗷"的一声蹦起,"砰砰"打两枪便跑,这下子没死的老毛子兵像炸开了锅似的,招架几下,便顺着蛤蟆河往下滚。永哲大叔高喊一声:"追!"说着"咕咚""咕咚"放起老土炮。老毛子兵在河里一走一滑,连滚带爬,哭爹叫娘喊上帝。永哲大叔指指河水说:"蛤蟆河,中国的水,冻断老毛子腿。"大伙边追边杀边喊,嘿,你猜怎么着?那蛤蟆河水一下子变得刺骨寒,把老毛子兵全冻住了。

接着,永哲大叔带着大伙围着二龙湾,边走边找边喊:"大老张,你在哪?"山谷传响。突然,湾水翻滚起来,一会儿又静下来。只见湾心金光闪闪,哑巴和尚两脚踏着两条金龙,左有金牛,右有金马,鸳鸯在左右肩旁轻飞,徐徐而来,好半天，永哲大叔才说："咱们一块守住这块儿，你放心吧，向东兴师。"大伙也叨咕起来。哑巴和尚点点头，合合手，缓缓而去。大伙为了不忘大老张"向东兴师"的话，便把小村子改名为东兴。

没过几天，沙皇知道"黄毛独眼熊"全军覆灭了，他火冒三丈，又派杜霍肖夫大将来了。这家伙和"黄毛独眼熊"长得真是黑瞎子照相——一个熊样，只是多了一只蓝眼睛。他带了九九八十一门炮，下令向龙背岭上轰击七七四十九天，要先削了龙背岭，灭了二龙湾，平了蛤蟆河，然后再血洗东兴村，直取长白山。

东兴村的男女老少，在永哲大叔带领下早准备好了。

这天，杜霍肖夫大将率沙皇俄兵来到了，龙背岭成了秃山坡，二龙湾没了，蛤蟆河也没了，他把手一挥，大队人马排着方队形，耀武扬威地奔过来。

俗话说，"擒贼先擒王"。永哲大叔瞄准杜霍肖夫大将，"砰"的一枪把他打落马下，老毛子兵一下子乱了套。

大伙按永哲大叔的布置，追杀起来。老毛子兵死的死，伤的伤，末了，都挤到二龙湾心，顺着蛤蟆河道往回逃。

说也怪，只听"呼"的一声，二龙湾水一下子满了，蛤蟆河水又哗哗淌起来，老毛子兵死得不计其数。不一会，湾水河水又不见了。大伙说，这是哑巴和尚来助战，咱们的金宝贝来助战，咱们更得狠狠揍老毛子兵啊！

据说，打那以后，虽说龙背岭没了龙形，二龙湾、蛤蟆河不见了，可在月明夜静时，站在东兴村往东看，原来的龙背

岭、二龙湾、蛤蟆河都看得清清楚楚。有时,哑巴和尚还到水面上来走走,那时,金龙狂舞,金牛、金马飞驰,鸳鸯戏水,一片金光闪闪。倾耳听听,蛤蟆河里的蛤蟆还在"呱呱"地合唱呢。

从此,老毛子兵不敢来了。沙皇吞噬长白山的美梦也全破灭了。

抗联崖

在海拔一千四百六十米的长白山冰雪训练基地东南,有一突起的悬崖,上面赫然刻着两排十四个道劲有力的大字:"抗联与山河同在,共产党与世同存。"这便是当年大长各族抗日儿女志气、大灭日本侵略者威风的抗联崖。一首抗日歌谣道:"抗联崖,高又高,抗日大旗迎风飘,抗联儿女逞英豪,抗日救国立功劳。抗联崖上刻大字,风吹雨打永不消。"果然,七十多年了,抗联崖饱经沧桑,字迹却依然清晰可见。

1939 年 8 月,东北抗日联军第一路军第三方面军十三团的李连长奉命修建密林营地,以备敌人冬季"讨伐"时使用。李连长带领二十多人甩开敌人的跟踪,按着军部制定的路线,在长白山上搭了几处地窨子、马架子。完成任务往回走时,李连长觉得眼前黑乎乎一片挡住去路。仔细一看,是一个又高又陡的石头砬子,像堵墙,光溜溜的。李连长决定,在此再建一个营房。众人七手八脚,在砬子旁边盖起一排小窝棚,隐蔽在树林中。

回到军部,李连长向第三方面军总指挥陈翰章做了汇报。陈指挥听到最后一个密营情况时,说:"咱抗联遇到的石崖,就叫抗联崖吧,再凿上字,当标语口号,总比刻在树上的耐久、亮堂啊!"李连长问写什么字,陈指挥想了想说:"坚定信念,鼓舞斗志,就写'抗联与山河同在,共产党与世同

存'吧。"

李连长带几个人,硬是在石壁镌刻上了十四个大字。几天后,十三团的几名战士入党,就在抗联崖前举行仪式,陈指挥亲自参加。抗联崖名声越传越远。日本鬼子得知后,从安图县城派"讨伐队"去"清洗"抗联崖。

十三团一部在陈指挥部署下,早有准备。"讨伐队"刚摸到抗联崖附近,就被抗联战士包围,一场激战,打得敌人死的死,伤的伤。以后,鬼子又"讨伐"了几次,均惨遭失败。

后来,"讨伐队"再未敢去抗联崖。从此,抗联崖岿然不动,屹立在长白山中。

红军操场

安图县三道乡有个地方叫红军操场,可神啦。听说一到夜深人静,便隐约传出铿锵有力、节奏鲜明的脚步声和"一、二、三——四"的高喊声,不时还有"打倒日寇"的怒吼声。老人们说,这是抗日联军在练武呢。

相传,九一八事变不久,三道乡便出现了抗日游击队,归中共东满特委领导,队长叫金虎。游击队员左胳膊都系一条红布,所以称为红军。红军纪律严明,四处宣传抗日道理,队伍发展很快。为提高红军战斗力,金虎领着战士在树林里修了一个大操场,安上单杠、双杠、木马、木靶等,四周大树上刻着"打倒日本帝国主义""中国共产党万岁"等标语。红军一有空,就在操场练体力、练队列、练刺杀、练枪法……人们都管那操场叫红军操场。

经过训练,红军个个勇敢顽强,经常在安图、和龙、延吉等地活动,巧攻守备队,拦劫日军车,火烧警察署,奇袭自卫团,屡建战功。百姓拍手称快,盼红军多打胜仗;日本鬼子气得咬牙切齿,发狠要消灭红军,摧毁红军操场。

一天大清早,日本守备队队长长岛大佐率部队从南、北两面悄悄逼近红军操场,在离操场几百米处,从望远镜中看到红军操场上只有两个战士忙着架大锅,点火烧水。突然一声枪响,长岛身边的护兵倒下了,他嚎叫一声:"打,打!"对面

也枪声大作,好凶啊。等南、北两面的人一照面,全傻了,原来是自己打自己。长岛知道上当,忙令撤退。这时,四周响起枪声,红军真的打来了。原来红军早已得到消息唱了一出空城计。这一仗。守备队自伤几十人,又被红军打死几十人,大败而逃。

红军得了近百支枪,不少弹药。周围的百姓顶着挑着吃的、喝的来祝贺,在红军操场开起了联欢会。再说,长岛耷拉着脑袋往回走,总觉不是滋味,便吩咐手下再去红军操场看看。

得知红军正在操场上唱歌跳舞,长岛把战刀一挥:"回去!"守备队奔过来。红军岗哨急鸣枪示警。金虎听到枪声,迅速指挥百姓转移,并命令部队:"马上撤离!"队伍刚要出发,炮弹就一颗接一颗在红军操场炸开,顿时炮声隆隆,浓烟滚滚。金虎受伤了,他果断地说:"快冲出去,我断后!"说着,把手榴弹准备好。

这边,鬼子一冲上来,就被手榴弹炸退了。再冲,又被炸退。就这样一直到天黑,长岛没抓住一个红军,丢下几十具尸体走了,有人说,金虎他们全牺牲了,有人说他们全突围了,成了抗联第一路军第三方面军的主力。

过了几天,弹痕累累的红军操场被修复如旧,大树上的标语还是那么醒目。

"火烧明月沟行动"破产记

有一句名言说：敌人是不会甘心失败的。1945年8月15日，日本宣布无条件投降，可在明月沟（今安图县城明月镇）的日军残兵败将却阴谋炮制了"火烧明月沟行动"，暴露出敌人垂死挣扎的狰狞面孔。

明月沟，交通方便，是前往长白山的必经之地，因此成为日本侵略者的军事重镇。1945年8月15日下午，松桥（明月沟警察署特高系主任）、大川（伪满"二五"工兵队副队长）、秋原（明月沟屯林副队长）等日本人忙着在警察署安排从外地逃来的日军及眷属，并挑选出几名军官，准备到日本人开设的黑猫咖啡馆（今明月镇政府南侧）开会。

这时，两名日本军人奔向松桥，质问他为什么束手无策，松桥假惺惺地说遵照"天皇陛下圣旨投降"。那两人大哭大喊一通，剖腹自杀。松桥让人把尸体抬走，带大川、秋原等七人进入黑猫咖啡馆，召开了近两个小时的秘密会议，会议经过协商，制定了罪恶的"火烧明月沟行动"，简称"火烧明月"。

行动规定：一、成立"火烧明月"指挥部，七人组成，松桥为主任；二、参加行动者均为日本人，务必统一行动；三、准时完成任务，即大川负责一千个汽水瓶子，秋原负责灌装汽油，16日11时前汇报；四、检修好车辆，在警察署待命，所有日本人，只带珍贵物品，整装待发；五、行动时间

"火烧明月沟行动"破产记

16日晚8时，一路抢占"二五"工兵队弹药库，一路乘车沿街逐户抛点汽油瓶。在大火中，射杀中国人。9时，行动结束后乘车撤经安图（今松江镇），再研究下一步……

俗话说：隔墙有耳。"火烧明月沟行动"的消息被黑猫咖啡馆杂役小邵听到了。小邵是个孤儿，全家惨遭日军毒害。他只身来到明月沟，就在黑猫咖啡馆打杂，学会了日语。他仇恨在心，一听说"火烧明月"，吓出一身冷汗，想找机会出去告诉认识的中国人，但老板好像有些警觉，把他看得挺严。直到16日中午12点半，小邵才抽空跑到旁边的"维新茶食店"，假装买东西把"火烧明月"计划告诉了店主老陈头，让他快传开，说完跑回咖啡馆。老陈头不仅很快把消息传出，而且找到了范长新。

范长新是伪满"二五"工兵队大队长，工兵队四个连以筑路、基建等为主，从未参加过战事。范长新受进步思想和抗联影响，在日本宣布投降后，立即召开军官会议，决定脱离日伪管辖。范长新得知"火烧明月"时，已快下午5点了。他马上召集人商讨对策，并决定马上行动：一、工兵队守住弹药库，因为日军溃败武器已不多，必拼死抢夺弹药；二、工兵队派兵在道口、胡同巡查；三、明月沟百分之九十为草房，如果着火不堪设想，各街、各胡同要设障阻止日本军车、人员进出……

大约在晚6点半，明月沟的住户都知道了，并悄悄地挖沟设障，许多人家的老人和孩子躲到布尔洽通河、长兴河边。

晚上8点钟，五辆日本军车驰往工兵队弹药库，突然，弹药库探照灯亮了,照得日军睁不开眼睛。在弹药库周围,上百名工兵队官兵隐藏在暗处,荷枪实弹,严阵以待。工兵队有人大喊:"你们从昨天起就投降了,到这儿想干什么?"几名日本军人跳下车,几枪就被打倒了。接着,双方展开一阵子枪战。日军一看不行,忙调转车头回到警察署。与此同时,几辆日本军车分别沿着"火烧明月"的路线行驶,打算投掷车上的汽油瓶。可路口、胡同口,不是大沟就是石头,到处都是中国人,有端枪的士兵,有拿锹镐的青壮年,有农民、有商人,还有职工。大家齐声高呼:"打倒日本帝国主义!""日本投降,滚回东洋!"日军不敢下手,也只好回警察署。松桥等人暴跳如雷,然而大势已去。他们一面忙着准备逃窜,一面追查泄露机密者,算来算去,认定是小邵,把小邵绑了起来。之后,日军向长白山方向逃去。

小邵呢,被日军勒死后,扔在了黄松浦的一条路边,没有人知道他的名字;范长新呢,带队接受延边军分区整训,成了人民军队的一员。

火烧两江口三省办事处

在距汉阳沟二十里的海沟抗联秘密联络处就任抗联第一路军第三方面军指挥官的陈翰章派刘培山排长带人侦察办事处情况。8月底，抗联沙河之战胜利后，陈翰章根据刘培山的汇报，派十三团等进攻。经过一场激战，歼灭了一批日军。为防敌人增援，抗联迅速推进战事，但没有打掉办事处，陈指挥官不太满意，便决定让刘培山排长继续侦察，准备再打。1939年敌人集结重兵开始拉网式"扫描"。面对严峻的局势和恶劣的环境，抗联本着"保存实力，灵活机动，迂回方针，化整为零，坚持抗日"的原则，在两江口一带只留下排长刘培山、李全德（一说李泉河）和五名战士共七个人。

到了1940年，在乡亲的帮助下，刘培山等人一直围着两江口转悠。他们从没想到离开，想的是怎么完成任务。经过一年来的摸索，刘培山已基本掌握办事处的情况，决定在敌人兵力最少的时候，用火攻，连烧带打，消灭办事处。他们只剩下四个人、三支枪、一把日本匕首、七颗手榴弹。

刘培山、李全德各带一人，在抗联家属的接应下，住进了两江屯两户农民的仓库里。1941年正月十五，警察中队要到安图县城执行任务，几个日本官也要到延吉办事。刘培山掌握了准确的情况，办事处只有十多个日本鬼子、二十几个伪警察。

1941年2月27日，农历辛巳年二月初二这天，两江口死一样沉寂，晚上阴云密布，狂风卷着雪粒呼啸着。半夜刚过，刘培山、李全德等悄悄来到办事处大铁门前。刘培山轻轻敲了三下，门便开了，四个人立即进去。原来，站岗的警察姓徐，是被争取过来的内应，他二话没说跑出大门消失在黑夜中。他的枪由拿匕首的战士用上了。

按计划，四个人分别在正房、东西厢房行动。他们同时点着明子，向窗户里投手榴弹。紧接着，一声巨响，鬼子的弹药库爆炸了。办事处鬼哭狼嚎，一片火海，敌人全部丧命。

第二天一早，大批日本人赶到，把焦头烂额的死尸装车拉走，又把一些东西重新炸毁，然后扬长而去。几天后，日本侵略军宣布，办事处撤销。后来，所有的材料记载都是办事处毁于大火，后撤销。

事实真相是抗联火烧攻打才灭了这个恶贯满盈的办事处。那么，刘培山、李全德他们呢？一说是他们全牺牲了，一说是由刘培山这个组掩护，李全德那个组二人脱险。在百姓心目中，抗联战士刘培山、李全德他们永远活着。民谣道：

> 两江口，风雪飘，抗联战士逞英豪，
> 大火烧掉办事处，鬼子汉奸命难逃。
> 两江口，江浪高，往事悠悠水滔滔，
> 抗日英烈活心中，抗日历史永记牢。

刘建封逸事

刘建封（1865—1952），名大同，号芝叟、天池钓叟等，山东省安丘市临吾镇芝畔村人。清末秀才，辛亥革命时期的名人。

1908年（清光绪三十四年）奉命勘测奉吉两省界限、兼查长白山三江之源，历尽艰辛，详查名山胜水，填补历史空白，著有《长白山江岗志略》等。

1909年（清宣统元年）安图设治，为首任设治委员，在任近三年，政声卓著。他的许多逸事，广为流传。

改村名

安图建县时，县城娘娘库仅有四个村落，俗称南大地、老偏坡、东南岗、北弯子。

刘建封几次察访民情，都觉得"县府所在，城邑所临，村名应有声色"。于是，经过一番准备，又征求县衙第一科（行政事务科）官员及村吏村民等意见，给四个村改名。

刘建封说："这南大地正对着县衙，衙门口，朝南开，政通县民才敢来啊，就叫政通村。"

第二个村老偏坡，几户村民不轨，有一户之子竟成土匪，亟需以德化民，就叫德化。

第三个村东南岗，农耕者竟不知水稻为何物，呆傻人渐增，实应劝学，这地方叫文昌。

第四个村北弯子，五谷不旺，六畜不盛，民盼年年丰收，就叫永丰。

刘建封起完村名，诗兴大发，以吟诗一首："政通为好官，德化地方安，文昌民聪颖，永丰心乃欢。"表达其志。

据说，在我国的县城里，如此鲜明、具有时政色彩的地名还不多见，这也许是刘建封的卓识吧。

经过县府的治理、村民的努力，四个村皆有了起色，一首歌谣道：

县官改村名，百姓笑连声。
政通又德化，文昌得永丰。
日子逐年好，不忘刘建封。

智救悬羊

有一次，知县刘建封带一名偕役到三道沟办事，偶然听说猎人李炮手很会打悬羊，心一动，便抽空找到他，仔细询问起来。

原来，悬羊是长白山的珍稀动物，因属羊类，又常悬于树上，故得名。悬羊血，是民间治疗肺痨、哮喘、小儿惊恐等症的特效药。所以，打一只悬羊，收益胜过百八十只狍子，悬羊数量急剧减少。

打悬羊并非易事。悬羊体小敏捷，想休息时，便借助树干

猛然跃起,将犄角又准又稳地挂在树枝上,然后悠哉入睡。一有动静,它就翻身疾速奔去。

常言说:"有一利就有一弊。"悬羊认准的地方,轻易不改换,睡前总要排便,一个个羊粪蛋掉下来,时间长了堆成堆。猎人就凭这个,知道哪棵大树的树枝就是悬羊的家,准备猎捕了。猎人趁悬羊离开时,在粪堆里安上带销的竹箭,等悬羊回来挂在树上一拉粪蛋,就砸动箭销,竹箭便直插进悬羊肛门。猎人立即拎着木盆赶来,将刚跌下来的悬羊装入木盆,血也淌进木盆,这是高手所为。有时不得不用炮打,但是弄不好血都淌地下收不起来了,要得到悬羊血很难啊。

刘知县问:"如此之难,为何仍以为业?"李炮手叹道:"羊越来越少,可血越来越贵啊,还得打啊。"他告诉刘知县,好容易在三道沟的大砬子旁边看到一只悬羊。

刘知县又详细问了问悬羊出没的地点,计上心来,跟衙役耳语一番,让衙役走了,他要跟李炮手一块儿去。李炮手怕人多坏事,又不敢拒绝,只好说:"大人去,千万听小人的。"刘知县点点头,心想,硬拦硬劝,你今天不打,明天还要打,就看这一计了。

什么计呢?别急。按山规,打猎得先拜山神庙。李炮手在前,刘知县在后,来到一个锅台大小的山神庙前。李炮手摆上供品,点上香,三拜九叩,祷告神灵保佑,平安发财。刘知县也念道:"羊粪成堆,利箭显威,满载而归;羊粪没有,白去空走,金盆洗手。"李炮手一愣,连说:"大人,羊粪怎么会没有了呢?小人不打猎何以为生啊?"

长话短说。两人到了大砬子，李炮手边掏利箭等家什边快步奔到一棵老松树下，一看傻眼了，地下干干净净哪有羊粪的踪迹？李炮手四下观望，说："再过一会儿，那只悬羊准回来。唉，羊粪咋会没了呢？"刘知县不紧不慢地说："是不是天意，不让你打呀！"李炮手突然拽着刘知县躲到另一棵树后。只见一只母悬羊领着一只小羊羔跑过来，母羊教小羊蹦高往小树枝上挂犄角，好不快乐。李炮手端起猎枪，可对面林中却发出吼声，羊一晃不见了。李炮手摸着枪，一脸茫然。刘知县说："刚才之祷告，眼前之情景，足令炮手另择他业了。"刘建封帮助李炮手开个豆腐坊，成为安图第一豆腐坊，渐渐有了些名气。

话说回来，原来，那衙役按着知县吩咐，把一堆羊粪搬走，又发出怪声，使李炮手深信天意无疑。

刘建封智救悬羊，成为趣事。然而，悬羊还是在长白山绝迹了，如今连六十多岁的山里人也不知悬羊为何物了。

送牛借牛

长白山下的安图，地广人稀，发展农业生产，谈何容易？刘建封不畏艰难，设垦务局，筹措银两，从辽宁移民三百户，帮助他们建房造舍，为他们分发荒地、划定界限，每户还给耕牛农具。刘建封还动员家乡亲友来安图落户务农。这年刚开春，家家忙着备耕，好不热闹。

可杨木斜屯的乌扎拉家却挺冷清，原来那头得力的黄牛突

然死了，只好等着邻居种完地再商议租借用牛了。

这事让刘建封知道了，他拿出银两叫当差的买了一头牛，亲自送去，鼓励乌扎拉"致力耕耘，勤俭兴家"，乌扎拉连连感谢。

这天，风和日丽。刘建封心情特好，信步拐向一条山路，两边古树参天。没走多远，一片开阔地有两间草房。刘建封觉得奇怪，按规矩这里是不准盖房垦地的。谁胆子这么大？他大步奔去，听着动静，屋里出来个男人。两人一见，男人惊呼："建封，啊，大人，你怎么来了？"刘建封怒道："你是我姐夫，看你来啦！为什么搬到了这里？"原来，这男人叫李顺洲，是刘建封的亲戚，安置在杨木斜屯。可他仗势硬是来到这里，大伙帮他盖房开地，管事的也不敢禀报。

刘建封气坏了，命令道："马上搬回原处！都像你如此毁林扩张，那还了得！"李顺洲无奈地说："是，我收拾收拾。"刘建封说："无须收拾，装车拉走物品，空房一毁了之。"李顺洲说："车在房后，只是牛被弟弟赶到娘娘库去换一条母牛。"刘建封说："我给你借牛，租钱我付！"说完，又折回乌扎拉家，笑着说："有事借牛一用。"事后，刘建封告诫亲友好自为之，明令官员秉公办事。

（郭兴成　李丽群）

亥年送猪

刘建封上任不久，便到二道屯察访。只见家家日子过得还不错,大院子里放着农具,有的养马、有的养牛,看家犬叫个不停,村农脸上挂着笑意。刘建封总觉得这"农家乐"缺点什么,对了,这里没有养鸡的,更别说养猪了。刘建封觉得很奇怪,便向村民问个究竟。村民说除了粮食外住在这长白山啥也不缺:夏天到河里捞鱼,到山上套兔子野鸡;冬天打野猪狍子。还养什么猪、鸡呀?再说,养那些东西招来狼虫虎豹咋办?

刘建封听了便耐心地劝导村民,养猪、养鸡一来剩饭剩汤免得浪费,二来猪粪鸡粪是上好的肥料,三来平常吃鸡蛋、来个小鸡炖蘑菇多方便,到年根杀个大年猪何等实惠啊!再说狼虫虎豹吃饱喝足了,到村屯来干什么?咱们不惹它们,把家里的障子夹好不就相安无事了吗?刘建封说:"我不下命令,谁愿意养猪、养鸡我支持,我送给你们猪崽子、鸡崽子怎么样?"村民高兴极了。

不几天,刘建封派人送来了猪崽子、鸡崽子分发给村民,从此这一带便兴起了养猪、养鸡热。那年正是农历辛亥猪年,县知事亥年送猪的故事也就传开了。

怒废咬刑

深秋的一天,刘建封带着两名跟班(衙役)从三道沟办事回来,刚走过一个山头就听见凄惨的哭喊声:"我不敢了,快放了我吧……"刘建封三人忙下马顺着声音找去,只见树林边上一棵大树下绑着个人,头上蒙着衣裳光着上身,一团团的飞虫疯狂地扑向那人叮咬着。刘建封立刻明白这是令人发指

的咬刑。他一摆手，跟班马上奔过去把那人救了下来。

自从清政府废除对长白山二百多年的封禁后，到长白山谋生者迅猛增加，他们十几人或几十人一伙挖参、采药、伐木、打猎等，这些生产劳动过程俗称"放山"。放山人的首领俗称"把头"。放山人为了平安和收获，制定了一套"山规"，把头对违规者视情节进行处罚，对图财害命杀人者有时会扒光衣裳绑在大树上任由蚊虫叮咬，甚者一日多就剩下骨头架子了，十分残忍可怖，这便是咬刑。

话说回来，刘建封强压心头怒火问道："你不要紧吧？是谁干的？"那人是个小伙子，身上一片肿包，有的肿包流着鲜血，看来刚受刑伤势不重。小伙子穿上上衣纳头便拜，连连谢恩。刘建封再要问话，冷不丁从树林里窜出七八个大汉，有的拿着镰刀，有的拎着砍刀，有的提着平板镐头，前面的长者正是张把头，喊道："你们是干什么的？这里跟你们有什么关系！"跟班喝道："大胆，这位是安图县知事刘大人！"那些人扔了手里的家什，不知所措。刘建封说："听口音你们是山东人，我也是山东人。"接着，刘建封盘问起来。

原来，他们是从山东登州府到这儿挖人参的，辛辛苦苦一个多月才挖了几棵小山参。这个小伙子是张把头的儿子，竟私自藏起来一棵山参。张把头非常恼火，一气之下用上咬刑，想教训教训儿子，以示威严。刘建封听了连说使不得，让放山人遵守朝廷法律。张把头道："小人见到刘大人万分有幸，再不敢越轨行事，一定告知其他弟兄不可再用咬刑。"末了，刘建封祝放山人得到千年老山参平安凯旋。

刘建封与大同共和国

刘建封聪颖好学,思想激进,渴求真理。22岁时,酒后赋诗:"笑对癯仙把酒杯,问君何事也独裁?年年首出作花妨,妒得百花背后开。"(《梅花吟》)道出他痛恶封建制度的心情。19世纪末20世纪初的中国社会,正是帝国主义猖狂侵略、清王朝横征暴敛、社会矛盾激化的时期。民族资产阶级及其知识分子逐步觉醒,纷纷投入反帝反封建斗争的洪流中。刘建封作为清末秀才,誓要推翻清专制王朝,他写道:"于今天下事难平,梅占春风第一名。愿铲花魁首领制,教他草木皆成兵。"(《梅花吟》)他被派往奉天任后补知县后,思想更加进步。1905年中国同盟会成立不久,刘建封便加入,成为东北革命党人。

1908年(光绪三十四年),由东三省总督徐世昌委任,刘建封任奉吉勘界委员,并被推选为领班。他率领十六人,历时四个月,踏遍长白山山山水水,搞清了长白山江岗全貌及三江之源,写下著名的《长白山江岗志略》,给后人留下极其珍贵的史料。这本书体现了他对祖国山河的爱恋之情,以及对长白山山区居民的关切,流露出他的朴素的大同主义(平均主义)思想。

1909年(宣统元年),东三省总督锡良奏请设安图县,推荐"谙练边情,勤奋耐苦之员"刘建封为首任知县。他上任伊始,"迁三百户,均带家口,户各给田三百亩,房三间,

牛粮籽种一切器具,莫不代为制办"(金梁:《光宣小记》)。刘建封主张打破等级观念,实现人人平等的举止多么大胆果断!

刘建封在安图做了不少好事:招民开荒,发展农业;创设林政局,发展林业;重视教育,成立教育公所;力倡发展商业,建立商务所;设邮政机构,开办邮政业务。他事必躬亲,政绩卓著。"历任东督(东三省总督)皆敬重之。后察悉先生(指刘建封)为党人,疾之甚,欲因事中伤之"。偏巧"安图有建剧园者,先生为之撰联云:'鼓动起四百兆同胞,才算一台大戏;装扮出五千年故事,真成万国奇观。'东督见之大怒,欲兴大狱"。刘建封虽未被囚禁,但"积年文集诗集则已因此事销毁净尽"(彭养光:《岭南吟·叙》)。

随着近代资产阶级革命的迅猛发展,刘建封在安图也准备向清王朝进攻。他的友人说,"先生(指刘建封)仕于清,即孕共和政治思想"(谷效文:《岭南吟·跋》),"不斩群魔心不甘!"(李六更:《岭南吟·题词》)1910 年,刘建封为千山道义学校讲学,宣传大同主义,并写下《赘行吟草》。

1911 年 10 月爆发武昌起义后,刘建封随即响应,在安图起义,宣布成立"大同共和国,通告中外,闻者为之一惊"。"此一建国小史,实为民国成立之先。"(金梁:《光宣小记》)时在安图八旗工厂的刘建封侄子刘棲畴写道:"先生(指刘建封)莅海龙,登长白,举义旗于安图。"刘建封则欣然题诗:"桐叶一落天下知,梅花一放天下春。试问秋兴共多少?毕竟不如看花人。"并注明"安图独立时所作"。他"在安图独立时因戒烟",不顾"身受左臂麻木之病"(刘建封:《玉石辨》),为革命奔波呼号。同时,他将名字改为大同,给三个孙子起名为平民、平权、平等。

安图起义成立大同共和国,震动了清廷,吓坏了东三省总督赵尔巽。赵尔巽急忙调兵遣将围剿大同共和国。刘建封毫不畏惧,迎战敌军于安图县西北的牡丹岭。牡丹岭地势险要,环境恶劣,风雪交加。刘建封亲率起义军勇猛杀敌,终获胜利。刘建封在《击贼过雪——辛亥安图起义败敌军于牡丹岭》诗中写道:"逐寇白山陲,我军酣战时。半天大风起,犹闻战马嘶。鼓鼙声未歇,血带雪花飞。"

1912年年初,赵尔巽肆无忌惮地刺杀、镇压革命党人,并派重兵直奔安图。由于大同共和国势单力薄,又未能同其他起义军联合,"卒以后无继,为省军所败,刘亦南走"(金梁:《光宣小记》)。安图起义失败,刘建封于1912年夏离开安图避至奉天,又潜入大连,再去日本,后被孙中山亲自委任为中国革命党东三省首任支部长。(《中华民国史·上卷》)以后,他去关内从事革命活动。

刘建封发起的安图起义,是孙中山领导的辛亥革命的组成部分;大同共和国的建立,是辛亥革命的产物,是吉林省近代革命史的辉煌一页。因此,刘建封与大同共和国在辛亥革命中做出了不可磨灭的贡献。东北革命党人沈微心写道:"辛亥前与诸同志谈及关东改革事,因悉先生(指刘建封)。盖以先生乃发祥专制旗下,首倡共和之一人也。"(《岭南吟·跋》)东北著名的辛亥革命领导人赵中皓写道:"吾老友刘大同先

生为山左望族,重道德、尚气节,素持大同主义,改名字以之行。由辛亥、癸丑以至丙辰诸役无不与其事。"可见,刘建封是吉林省辛亥革命的名人,大同共和国亦有一定的历史地位。

王德林逸事

五间房

王德林，抗日救国军总司令，著名抗日将领。曾任吉林东北陆军 676 团三营营长，该营在多次整编中番号未改，故称"老三营"。1920 年夏至 1932 年春，老三营所辖四个连分别驻守亮兵台、瓮声砬子（今明月镇）、铜佛寺、三道湾等地，营部先设于铜佛寺，后迁往瓮声砬子。

老三营营部位于瓮声砬子山脚下，长方形的大院子用板障子围着，正面两扇大门。院子中间，坐北朝南五间土坯墙、铁皮盖的房子，所以人们把营部叫作五间房。

五间房东边两间为王德林的居室兼做办公室，中间一间是伙房，西北两间住着护兵，他们轮流当马夫伙夫。前院东边放着两辆马车，西边放着两副爬犁；后院东边是马厩，养几匹马，西边是猪圈喂猪。人们说，五间房就是个农家大杂院。

五间房大门平常只开一扇，由哨兵守卫。这里行人稀少，冷冷清清，可有一天却挺热闹，一个矮胖子提着大皮包走来，长得方脸，小眼睛，八字胡。这人叫小野一郎，是日军特务，会说一口流利的汉语，阴险狡诈，所以都叫他"小野狼"。"小野狼"奉命在瓮声砬子一带收集情报，并想策反王德林。

哨兵早就注意到他了。前几天王营长召开大会，讲当前形势，说日本鬼子活动增多了，要官兵提高警惕。哨兵边想边盯着，猛然大喊一声："站住！"离大门还有七八步，"小野狼"吓了一跳忙放下皮包，立正，哈腰，轻声说："小兄弟，麻烦你，我要见王营长。"哨兵说："见我们营长有什么事？你是什么人？是不是日本人？""小野狼"点头说："真有眼力，真有眼力。"哨兵一听，把枪端了起来，小野狼连连摆手说："别，别，我要见王营长。"

这时，王德林在屋里听见动静迈着大步来到门外。他身材魁梧，声音洪亮，边打量"小野狼"边说："我便是王某，有何贵干？"小野狼又是大哈腰，说："王营长仪表堂堂，久仰久仰。在下日本人小野一郎，想和王营长交个朋友。"说着，拿出个金光闪闪的小盒双手捧着要送给王德林，王德林冷笑道："嘿嘿，盒子里不是毒药吧？""小野狼"忙打开盒盖，里面是一块金光闪闪的怀表，表链也是金光闪闪。"小野狼"说："这是瑞士名表，皮包里是烟酒茶叶，请王营长收下。"王德林板起面孔大吼道："都拿走！都拿走！""小野狼"一愣，把小盒放在皮包上，转身就走。王德林喊道："回来！把东西拿走！""小野狼"越走越快，王德林掏出手枪向空中放了一枪，叫道："再不回来，我毙了你！""小野狼"停住了转过身，昂首挺胸走回来，高声说："我想和王营长交朋友，你却这样对待我们日本人，不考虑后果吗？与我们合作前途大大的！"王德林把手枪掂了掂吼道："我让你滚！你的后果就是滚！""小野狼"拿着他的东西狼狈逃窜。

事后，王德林要求官兵加强防备，五间房大门只有官兵出入才打开。"小野狼"并不死心，又送金条送美女什么的，都被拒之门外。

强毁拦路车

王德林经常到驻地连队检查军务，多为骑马，雨天坐大板车，雪天则坐爬犁，不宽的土路坑坑洼洼，条件非常艰苦。一次，王德林从铜佛寺回来，他和两名护兵骑马，十几个士兵挤在大板车上，当走到山路崎岖的"十八拐"第九道拐弯处，前面一辆汽车斜横着把路堵个严严实实，一面是山坡一面是深谷。王德林一行只好停下来，纷纷下马下车。

常言道：冤家路窄。王德林往前走了几步看了看，那是辆日本军车。突然从车旁走来一个矮胖子，正是"小野狼"。"小野狼"向王德林合手说："王营长，你好。我这个人心直口快，与我们合作给你几辆汽车……"

王德林嘲讽道："就是这样的破车吗？"小野狼以为王德林动心了，忙说："哪里，哪里，这车出了点毛病，司机正整修呢。你需要什么我们会支持的，只要跟我们合作。"王德林板着脸说："我需要你离开中国！"这时，司机从车底下爬了出来向"小野狼"招手，两人哇啦哇啦说了几句。小野狼对王德林说："司机说在这修车太危险了，我请求你帮助，让士兵来推车。我的司机把着方向盘，到了山下平路我们会好好感谢你的。"王德林冷笑道："万一出事了，你的司机不就交代

了,行吗?""小野狼"说:"我们是不怕的,请行动吧。"王德林向士兵们递个眼色,双手一比画,兵士全明白了要把这辆车毁掉。

日本司机进了驾驶室,"小野狼"却不上车,看样子他在打着鬼点子。王德林想了想,下了命令,士兵贴着山坡一个挨着一个把着车厢车轱辘,"小野狼"大叫道:"你们干什么!"他又用日本话喊起,日本司机急忙跳出来。说时迟那时快,随着王德林又一声令下日本军车翻进山谷。"小野狼"还在大叫:"你们要负责!你们要负责!"王德林回了一句:"这就是负责!阻挡我们军务就是这个下场!"

说罢一挥手,一行人上马上车奔向瓮声砬子。据说"小野狼"和司机向上级报告汽车出了严重事故,两人死里逃生,这事便不了了之。

瓮声砬子事件

1931年九一八事变后,老三营反日情绪高涨,各连纷纷请战抗击日本侵略者。王德林一再强调,要做好战斗准备,要沉住气,并到瓮声砬子山上的观察哨所检查,为哨兵送上一架望远镜。

瓮声砬子山屹立在十字路口,去往延吉、敦化、汪清、长白山等地必经此处。这里山势险要,南面西面悬崖陡峭,东面北面森林茂密、灌木丛生;一条小路从北坡山下直达山上。观察哨所的岗楼建在西南角,木结构二层很像个亭子,居高临下，房屋、街道及东西南北的车马行人尽收眼底，用望远镜看得更近更清楚了。哨所旁边是平整的操场，另一侧是一排土坯营房；依山脊挖有战壕掩体等。这里是军事重地，外人严禁进入。

当年12月7日，雪过天晴，一大早士兵们忙着清扫积雪。突然争吵声越来高，一个是营直属排赵排长外号叫"赵不怕"，一个是刘副排长外号叫"刘大个子"。刘大个子说："营长叫咱们沉住气，现在都12月了，要沉到什么时候？"赵不怕说："你不知道吗？上边有投降派，有汉奸，有卖国贼，王营长压力多大呀，不沉住气行吗？"刘大个子说："如果日本鬼子冲到你跟前，你还沉得住气？"赵不怕说："你这是抬杠，我一下子就把那鬼子整死了！"刘大个子笑道："这不就沉不住气了吗？"

不表两人争论。在山下果真来了一伙日本军人，有的全副武装，有的背着仪器，从汽车上下来耀武扬威地走上山路，打头的腰里别着手枪，双手举着"膏药旗"。哨所哨兵立即报告："情况紧急，有七个日本鬼子上山来！"有的士兵以为是开玩笑呢，赵不怕命令道："军中无戏言，弟兄们准备战斗！"士兵们扔掉扫雪工具，拿起武器各就各位。赵不怕和刘大个子站在路口两边，手握长枪往下看着。"膏药旗"出现了，鬼子来了。赵不怕大喝道："站住！干什么的？"打头的傲慢地说："测量测量的干活！"赵不怕急问："测量什么？"一个连毛胡子抢向前挨着打旗的说："你们走开走开的，不听话的，死了死了的！"继续往上走。赵不怕怒道："这是军事重地，你们

马上离开!否则后果自负!"这时鬼子中间开了一枪,子弹从赵不怕头上飞过。赵不怕也鸣枪示警,鬼子却加快了脚步。刘大个子低声问:"怎么办?"赵不怕小声说:"我左你右举枪就打,打!"枪响了,打头的和连毛胡子应声倒下,后边的小鬼子"哇啦"叫喊着转身就跑,赵不怕喊道:"回来!把人带走!"五个鬼子抬着两具尸体拖着"膏药旗"逃下山,坐汽车跑了。

　　赵不怕一溜小跑来到五间房,向王德林汇报,他说:"王营长,我没沉住气惹祸了,处分我吧。上边怪罪下来就把我交出去吧,我真不怕;再不,让我俩畏罪潜逃,减轻营长的压力……"王德森又气又感动地说:"把我看成什么人了,你们打得好!什么怪罪什么压力我扛得住!"

　　这便是轰动东北的"瓮声砬子事件"。在那个年代、那种形势下,中国人打死日本人是了不得的大事啊。一时间,日本的军方、警方、领事方,还有东北陆军的民族败类们单独或联合组成调查团、追查组等妄图置王德林及"凶手"于死地,或者逼诱王德林成为日本人的走狗。王德林大义凛然据理力争,使敌人阴谋未能得逞。老三营官兵得到抗日军民称赞,还有呢,赵不怕和刘大个子因功晋升为副连长和排长。

风雪夜送虎

　　1931年年末的一个晚上,寒风夹着雪花刮个不停,一辆日本军车停在了瓮声砬子日本警察分署门前,车上盖着苫布。

王德林得知消息后，想起了中午时发生的事情。王德林骑马走到裤裆街时，看见前面一个日本警察"哇哇"地叫着，正抢李二虎的木盒子。李二虎每天都在中午和傍晚沿街叫卖，油亮亮的木盒盖着木盖，里面装着分解好的烧鸡。李二虎烧鸡在当地很有名气，王德林经常食用，所以认识李二虎。李二虎死死地抱住木盒，盒盖已掉了，几块鸡肉掉在地上。王德森大怒，策马扬鞭狠狠地抽到那家伙的肩膀，疼得他怪叫一声松开了手，忙着往腰里摸，没带枪。王德林骂道："狗日的！你要拿枪我先毙了你，再捅出个事件来！"那家伙叫道："小小的烧鸡的小意思的；大大的老虎的，大大的日本的拿去的大大的意思的。"说着抬头看看，大概认出了是王德林，酒也醒了一多半了吧？跟跟跄跄走了。王德林让李二虎收拾收拾，有什么事就去找他。

王德林想啊想，猛地把汽车和老虎连在了一起，忙叫来护兵班高班长。高班长外号"高机灵"，听这名就不用介绍了。王德林把想法一说，"高机灵"自告奋勇要去打探打探。

"高机灵"走上街头，风大雪急，夜深人静，店铺大都关门了，只有三家馆子亮着灯。"高机灵"走了进去，王掌柜迎上来笑道："高班长，吃点夜宵么？""高机灵"说："看你没关门，生意不错啊。"王掌柜说："唉，日本警察给刚来的日本人接风闹了好一阵子，都他妈喝醉了，刚走不一会儿。""高机灵"心里有了数，摆摆手，大步流星地走回来，带上了三个弟兄荷枪实弹来到汽车附近。四周黑黑的，日本警察分署也黑黑的，"高机灵"安排好站岗的、放哨的，上车钻进苫

布,就摸了起来,心里想着是老虎,感觉也是一只老虎,还不小呢,冻得硬邦邦。可能是怕伤了皮毛,用毯子包着,又用绳子捆着,前腿和后腿处有木杠穿过,看来老虎是被抬上车的。"高机灵"翻身下车,盖好苫布,轻轻地叫了一声,四人赶回五间房。

王德林听了很高兴,沉思片刻做出了大胆的决定,要把虎抢来运到吉林,交给情投意合的好友韩团长处理。王德林和"高机灵"仔细地研究了一番,说干就干,套上马爬犁,备足食品草料,还拎来两麻袋喂马铡草剩下的一尺长的谷草根子。"高机灵"牵着马慢慢地往前走,护兵班全体提着枪跟着。王德林在大门口低声道:"千万注意,我等你们。""高机灵"睁大眼睛往前看着,狍皮帽子反戴露出耳朵听着,没有发现异常,不一会儿人马靠近了汽车。大家谁都不言语,马上布阵行动,几支枪口对准黑暗中的日本警察分署;"高机灵"几个人神速得很,打开车厢板掀开苫布抬下老虎装上爬犁绑好,把两条麻袋在车上对接摆好,盖上苫布,关上车厢板,一切如初。两名士兵坐在老虎两边,"高机灵"坐在前边当上了车老板,手一拉缰绳,爬犁启动了,提速了,渐渐消失在风雪夜之中。其余的士兵都平安地回来了,王德林为他们打扫身上的积雪,问长问短,好像久别重逢,大伙都开心地笑了。

第二天,风停了,雪下得小了。十点多钟那辆汽车开走了,结果呢?可想而知,或者是不得而知吧。第三天下午,"高机灵"一行回来了,五间房又响起了笑声。

举旗抗日

"瓮声砬子事件"发生以来,日寇就视王德林为眼中钉,多次无理挑衅;暗中投靠日寇的676团团长及其顶头上司视王德林为绊脚石,多次刁难斥责。在这危难的关键时刻,有人帮了王德林的大忙,此人便是李延禄,后为黑龙江省委主要领导。在李延禄的引导影响下,王德林更加坚定了抗日的信念和决心。

1932年1月中旬,王德林接到两道命令:一是老三营升为团建制,王德林任团长;二是部队"换防"去吉林,2月1日出发。据了解,部队到吉林后再往黑龙江去打抗日游击队,如果王德林去打了,必两败俱伤,没有好下场;如果不去打,王德林违抗军令也是死路一条,多么狠毒的阴谋啊。李延禄告诉王德林,天赐良机,万万不可错过,两人研究制订了举旗抗日的计划,并加紧实施。接着,王德林召开了连排长会议,公布了举旗抗日的决定,要求严加保密,做好撤离前后的工作,全场热烈响应。

2月1日快到了,猴年春节也快到了。五间房杀猪炒菜举办宴会,邀请来一些驻地官员、绅士、名人等,王德林代表官兵感谢各位及父老乡亲多年的关照,给大家拜了个早年,绝口不提换防的事情,怕招来吃请送行等麻烦。

2月1日一大早,王德林率领部队离开了瓮声砬子直奔大石头、敦化,然后调转方向经过几天的跋涉来到汪清县小城子(今春阳)。那天正是农历正月初三公历2月8日,好日子啊,

王德林宣布抗日救国军成立！王德林任总司令，李延禄任参谋长。全体官兵振臂高呼："抗日救国！抗日救国！抗日救国！"群山回响，惊天动地。从此东北抗日战场上多了一支武装力量，屡建战功，给敌人以沉重打击。

再说几句，日本警察分署的警察特务得知王德林换防的消息，喜形于色，过几天中国人就打中国人了。为了防止意外发生，特务警察早就到延吉警察署正训了，直到王德林走后，他们才回来，五间房被他们霸占了，说要成为日本宪兵队的驻地。可一场大火烧毁了五间房，有人说是爱国人士干的，有人说是王德林派人干的。至于瓮声砬子山上的营房岗哨，有人认为是被日寇损坏的。

后记

1940年农历十一月,我出生在安图县明月镇,当时为延吉县瓮声砬子村。

我的父亲郭九思,是安徽阜阳人,十几岁便来到这里,经过多年的辛劳终于成家立业置地建房,并办起了东升合油坊,俗称瓮声砬子油坊,多呼郭家大院。

我有四兄四妹,我们的子女分布在十几个省市二十多个地方。他们都很向往长白山,向往家乡,最吸引他们的则是浓郁的长白山文化。

我除在外地读书七年外,到2007年秋搬迁,算起来整整在安图生活了六十年。我当过大学生劳动实习队队员、中学教员,当过省民研(民协)会员,当过文工团创作员、农村工作队队员、木材公司总务,当过县志编辑,当过县政协委员、县政协常委,也打工当过县电视台编辑。流年似水,往事如风,那些可敬可交的师长、亲友、同事却时时地浮现在我的脑海里。他们让我在成长中感恩,在困难中感动,在勤奋中感悟。

我古稀之年,几位热心朋友找来了我十几年前甚至几十年前的一些作品(有的我早已忘记,有的无从寻查),并帮助我集结成此书,令我由衷地感谢。

一副古联写道:"天若有情天亦老,月如无恨月长圆。"

后记

　　这是大自然的运作。人们把丰富的情感、鲜明的爱憎、执着的梦想倾注给万物，民间文学便应运而生，且蔓延开来。本书作品是长白山文化园中的小草小花，祝愿它散发芬芳，祝愿家乡越来越美好，祝愿乡亲幸福安康！

　　借此机会附上一束诗词（见附录），算是对家乡风物的怀念吧！

作者 2018 年 3 月于北京

附录

延边抗联歌谣（十七首）

·司令发来抗联兵·

鬼子汉奸一窝蜂，
围村硬要杨司令。
家家搜来户户查，
筷笼箱底全倒净。
鬼子连声骂汉奸，
汉奸躬身眨眼睛。
猛听四面杂声起，
司令发来抗联兵。
冲锋杀敌如猛虎，
鬼子汉奸全丧命。

·抗联大旗迎风飘·

东边道，东边道，
抗联大旗迎风飘。
旗手是咱杨司令，
带领人马志气高。
打鬼子，杀汉奸，

革命到底不动摇。

·司令问娃娃·

杨司令,问娃娃,

长大想干啥?

娃娃一声喊:

跟您把敌杀!

司令哈哈笑,

讲了一段话:

"日本侵略者,

眼看就要垮。

娃娃长得快,

赶紧学文化。

建设新中国,

你们当专家!"

·抗日俺响应·①

抗日俺响应,

哎哟哟,俺娘们响应。

俺儿当抗联,

好哟哟,为娘来送行。

叫声俺那儿,

小三哟,去了要安心。

---

① 此歌为明月镇韩老太太所唱,一九六〇年时六十三岁,现已故去。

不要挂惦家，
哎哟哟，参军多光荣。
跟着杨司令，
好哟哟，多杀日本兵。
叫声俺那儿，
小三哟，把你喜讯听。

·参加抗日游击队·

出村泉边来顶水，
后边跟个日本鬼。
动手动脚不要脸，
抻个脖子张着嘴。
姑娘一看有了招，
假装跌倒摔了腿。
鬼子哈腰伸胳膊，
姑娘抢罐往后退。
举罐狠劲往下砸，
狗头水罐全砸碎。
姑娘转身上山来，
参加抗日游击队。

·抗日救国大显威·

我郎上山快如飞，
小妹随后紧相追。
长白山里转又转，
找着抗联笑微微。

你拿枪来我挎刀,
抗日救国显神威。

·只要一支大盖枪·

不羡富,不图钱,
闺女一心嫁抗联。
不要柜,不要箱,
只要一支大盖枪。

·寒风吹山野·

寒风吹山野,
老天下大雪。
鬼子来搜山,
以为好时节。
抗联拍手乐,
整装把队列。
爬在雪窝里,
刀枪身边掖。
鬼子摸上来,
冻得嘴直咧。
"哇哇"狂喊叫,
要把抗联灭。
抗联腾身起,
个个赛豪杰。
鬼子麻了爪,
缴枪叫"老爷"。

·抗联能耐大·

抗日联军能耐大，

做个地雷树上挂。

一百鬼子来搜山，

以为是颗大松塔。

眼馋嘴酸直搓手，

几个小兵往上爬。

你喊我叫刚要摘，

"轰隆"一声开了花。

整整炸死八十五，

剩下十五崩掉牙。

·亮兵台①·

亮兵台，崖连崖，

抗联四处藏起来。

鬼子来仨死对半，

两个五十仨一百。

只管进，不准出，

只管杀，不管埋。

鬼子吓得丧了胆，

把这叫成"断头台"。

·白日做梦·

俺坐老虎凳，

---

① 亮兵台，在安图县内。

不会眨眼睛。

破口骂鬼子,

老爷比铁硬。

问俺小分队?

要找杨司令?

刀碰斧剁只管杀,

叫俺开口那是白日做梦!

·听喜讯·

你站岗,我报信儿,

好好望着远和近儿。

抗联叔叔在村里,

歇歇乏来好有劲儿。

明早去打日本鬼,

咱们等着听喜讯儿。

·拉大锯·

拉大锯,呼啦啦,

盖个房子宽又大。

寒风吹,大雪下,

抗联叔叔快住下。

·小五子·

小五子,找棍子,

做个木把子。

安上斧头子,

磨得像刀子。

挽起破袖子，
瞪起眼珠子：
照准小鬼子，
劈开他脑瓜子！

·打狗·

一二三，开步走，
咱们去打日本狗。
狗要咬，咱不怕，
一脚踢掉大门牙。
狗要攥，冲上前，
一下捅瞎它的眼。
爷爷笑，奶奶夸，
说咱能当小抗联。

·花喜鹊·

花喜鹊，落房前，
哥哥参军当抗联。
嫂子屯里当干部，
又开会来又宣传。
妈妈忙着做军鞋，
爸爸当了交通员。
全家只剩我一个，
怎么办？怎么办？
拿个鞭子去放猪，
细把鬼子碉堡看。

附录

·月亮月亮光光·

月亮月亮光光,

里头坐个姑娘。

姑娘出来砍柴,

里头坐个奶奶。

奶奶出来烧火,

里头坐个小伙。

小伙出来挑水,

碰见日本小鬼。

小鬼慌忙扔枪,

转身碰上姑娘。

姑娘举起大斧,

吓得小鬼直哭。

哭着去求奶奶,

奶奶一脚踢开。

正好掉进火坑,

烧得小鬼直哼。

哼着慢慢爬出,

小伙一把抓住。

抓住送到抗联,

给他一颗子弹!

诗词十首

一、念奴娇·登长白山感怀

雄伟壮哉，名山也，古老神奇风物。百态千姿，十六峰，天池圣水如玉。瀑布温泉，幽谷石林，多少亮丽处。悠然漫步，尽览资源宝库。

当年天女浴躬，女真设祭台，唐将巡护。刘公踏查，彰业绩，付梓珍贵著述。抗联密营，正居红色路。回归自然，感受真情，谈笑传说典故。

二、七律·游长白山文化博览城有感

神怡心旷漫步行，休闲娱乐几番停。长白明珠耸画卷，三江喷泉出彩屏。

甬道看墙载岁月，碑林诗廊镌功名。仰慕刘公正感叹，文化博览多少情。

三、七律·舟游雪山湖

山岭逶迤守水边，碧波荡漾衔云天。风拂仙客赏美景，浪伴舟艇游奇观。

龙吻金龟仰脸城，鹤鸣鸳鸯锦鱼湾。靓影依依流不去，始知江湖情缠绵。

注：雪山湖备有游船、游艇。龙吻码头、金龟岛、仰脸城、鹤鸣峰、鸳鸯砬子、锦鱼湾均为著名景点。

四、七律·灌木吟

丛丛蔓延散幽香，平常无奇少感伤。渐知黄道雨和雪，略懂红尘风与霜。

人间冷暖同地老，世态炎凉共天荒。弱势不误生长志，青山何处不风光。

五、七律·望长白山女真祭台

杂草相间满尘灰，似有古曲随风飞。当年盛曲设祭台，如今遗存成石堆。

光阴荡荡泛功过，时空匆匆传喜悲。千古多少兴衰事，仰天长叹择路归。

六、七律·观长白山女真祭台

杂草相间满尘灰，风刀霜剑欲何摧？当年盛典为祭台，如今遗存成石堆。

岁月似水泛功名，人生如歌吟喜悲。兴衰荣枯多少事，仰天长叹择路归。

七、长相思·村前山（一）

村前山，实难堪，沙石裸露似秃斑，风来起尘烟。树万千，花草间，鸟儿鸣唱蝶翩翩，梦醒好心酸。

八、长相思·村前山（二）

村前山，人马欢，植树造林已几番？绿化实在艰。苗嫩鲜，祈平安，何时成荫蔽云天，重现老景观。

129

九、七律·游福满生态沟

山清水秀景物长，生态沟系呈吉祥。鹿鸣翠谷林下参，蛙唱丛坡福满塘。

栈道万里万象奇，田园三莓百药香。品味山珍花间醉，风情无限喜洋洋。

十、七律·同学会

屈指阔别几十年，互猜姓名辨容颜。老师班长犹记得，学号座次难排全。

往事如烟思苦乐，岁月似水忆酸甜。莫道贫富身份殊，并肩举杯情相连。

呈诸君七律五首

感恩

卖房理物拜祖坟，风物依依几牵魂。
叶落清根护根土，犬恋贫家守家门。
瓮声声声意深切，明月月月情浓醇。
家乡养育恩山重，感怀铭印郭氏人。

敬君

天意人缘结为亲，勤工苦营备敬尊。
年年拾珍水木土，岁岁理财月火金。
闻博识洽向故里，勤工苦耕为乡亲。
风雨路程品瓜果，淡泊名利平常心。

别梦

未别离梦忽张扬,情景纷呈扯心肠。

雨雪风霜同迎送,酸甜苦辣共品尝。

文字推敲几阵热,笔友漂流一路凉。

有缘有情循道法,聚散相祝话短长。

缘恋

打工识知交忘年,笃厚豪爽情义连。

岁月匆匆入脑络,往事悠悠通心田。

忽闻话语熟音声,猛见名姓浮容颜。

诚祝安康祈时转,莫笑贪杯实恋缘。

无题

欲辞故土迁京城,幸因修志推迟行。

逝水流年水不止,动心往事心难平。

更念诸君倡艺文,又有同好淡泊名。

笑饮酒热叹茶凉,何期重温明月情。

七言绝句

天池(一)

群峰一水竞争奇,

绚丽多彩人痴迷。

更有怪兽匆匆游,

众说纷纭实生疑。

天池（二）

峰峦环绕护天池，
碧水如镜映山石。
忽有怪兽露脊行，
可叹相机拍照迟。

小巷四题

老妪

轻描淡抹花当簪，
红裙粉扇绿披肩。
有幸赶上好年月，
健身娱乐扭得欢。

少妇

自知人生路不平，
从未折志贪富宁。
夙兴夜寐还风雨，
下岗豆腐受欢迎。

壮汉

机遇无缘路坎坷，
下岗困境不得说。
自信自强何畏难？
街巷笑蹬三轮车。

老板

面对精简知长短，
辞职扔掉铁饭碗。

集资建厂闯新路，

不做官员当老板。

  城中河受污有感

 污毒杂物似鬼魔，

 流水变质太浑浊。

 何时有情又依法，

 珍爱保护母亲河。

编纂《安图县志》有感

 两轮县志有幸修，

 村镇巨变载春秋。

 民富更居风情美，

 代代接力系乡愁。

七言律诗

无题

 淡泊名利少感伤，

 敬业奋进闯四方。

 渐知黄道风与雪，

 略懂红尘雨和霜。

 工作常伴苦和乐，

 生活永存酸与香。

 清贫不误争先志，

 身边处处好风光。

夜观秧歌

锣鼓唢呐伴秧歌,

五光十色舞婆娑。

金龙摆尾抬花轿,

白菜卷心逗彩车。

媳妇紧追大头人,

老猪慢撵猴王哥。

老人健身来活动,

潇洒清闲乐趣多。

庆回归

锣鼓喧天凯歌飞,

普天同乐庆回归。

紫莉含笑艳阳照,

白莲盛开春风吹。

千唱万舞盈豪气,

一国两制立丰碑。

大喜倍加思宝岛,

中华一统显神威。

观中甲足球赛

两队鏖战争头功,

双方球迷兴冲冲。

摇旗呐喊助后卫,

鼓乐齐鸣催前锋。

拼搏短传快进退,

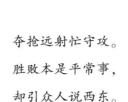

夺抢远射忙守攻。

胜败本是平常事，

却引众人说西东。

延吉观甲A足球联赛

绿茵场上争名功，

球迷喜忧急心中。

摇旗呐喊助光浩，

鼓乐齐鸣催学锋。

拼搏近传快进退，

夺抢远射忙守冲。

怎奈塞运难破门，

又恨又爱说教东。

春节致友人（二首）

一

三阳开泰喜连联，

遥贺先生本历年。

豪爽勤奋齐点赞，

智才和章共相传。

飞春似锦时而忆，

奉事如躬几多弹。

吉祥安康金灿路，

阖家幸福笑甜甜。

二

华肖尊九丙申临，

春舞瑞雪喜盈门。

桃李相伴常感念，

宝石结缘道耕耘。

善善若水情依荡，

行行如歌梦乃寻。

康安吉顺创业绩，

阖家幸福八方闻。

偶翻老影集有感

黑白泛黄彩色鸟，

人生留念渐模糊。

难忘时光堪回首，

尘封场景又复苏。

当年拍照成珍品，

如今存放入包袱。

忽闻邻楼翁妪去，

可叹遗物全清除。

词

长相思（二首）

门前山，实难堪，沙石连片似秃斑，风来起尘烟。 树万千，花草间，鸟儿争鸣蝶舞翩，梦醒好心酸。

门前山，人马欢，植树造林已几番？绿化实难艰。 苗嫩鲜，祈平安，何时或荫蔽云天，重造好景观？

归田乐·公开市长电话有感

一二三四五,市长电话真好数,有事找政府。件件有回音,为民做主,排忧解难不辞苦。人民好公仆,理千头万绪,风尘仆仆。宵衣旰食,展正气风骨。一线连万家,廉政反腐,官一任造一方福。

长命女·山乡运动会荡秋千

花儿艳,秋千一荡笑一片,来去齐祝愿:一愿心想事成,二愿家安人健,三愿小康早实现,山乡年年变。

诉衷情·过延吉河南桥

连通南北稳又坚,重任默默担。一身傲骨正气,奉献腰不弯。　经风雨,还暑寒,历辛酸。车水马龙,无怨无悔,昼夜平安。

浪淘沙·延边好家乡

延边好家乡,神奇风光,人杰地灵多吉祥。改革开放展宏图,凯歌飞扬。　各族斗志昂,奋发图强,处处兴旺又繁忙。建设模范自治好,再创辉煌。

念奴娇·登长白山感怀

雄伟壮观,苍茫茫,千古神奇风物。群峰环抱,三江源,天池碧水如立。瀑布温泉,雪谷石林,多少险靓处。流连信步,览动植物宝库。　当年天女浴躬,女真设祭台,渤海碑墓。抗日林语,犹道劲,更有传奇典故。名山佳境,引世人仰慕。珍爱自然,返璞归真,愿为中华守护。

鹧鸪天·九月三

彩旗招展九月三，万象更新百花鲜。纪念成立自治好，城乡繁荣鼓乐喧。　　家乡美，万民欢，载歌载舞不夜天。改革开放传喜讯，更好更快建延边。

金达莱歌谣（两首）

金达莱把春天接来了

冻上没化透，金达莱就泛青了。

厚冰没消净，金达莱就出芽了。

积雪没融尽，金达莱就打苞了。

早霜没过去，金达莱就开花了。

哎咳呀，山就粉红了，

哎咳呀，山就火红了。

金达莱把冬天送走了，

金达莱把春天接来了。

狂风没停止，金达莱就放叶了。

暴雨没歇息，金达莱就蹲根了。

烈日没落下，金达莱就成片了。

寒气没散去，金达莱就笑开了。

哎咳呀，山就粉红了，

哎咳呀，山就火红了。

金达莱把冬天送走了，

金达莱把春天接来了。

附录

送把金达莱

金达莱,开山前,
情郎投身当抗联。
妹妹道理全明白,
不用谈话做宣传。
哎哟哟,哎哟哟,
临行送把金达莱,
千言万语在里边。

金达莱,不一般,
不怕风雨和艰难。
拼着劲地抱成团,
悄没声地开得欢。
哎哟哟,哎哟哟,
做人要学金达莱,
一门心思意志坚。

金达莱,香连连,
是妹盼哥永平安。
杀敌报国立功劳,
胜利归来笑开颜。
哎哟哟,哎哟哟,
金达莱前照张相,
夫妻恩爱日子甜。